小貓法蘭基

約亨・古奇 Jochen Gutsch
馬克西姆・萊奧 Maxim Leo

是什麼讓人生如此艱難？
人？

——電影《金玉盟》

目次

1 毛線

有人告訴我，故事應該要從頭說起，總要有個開場。但我是一隻公貓，不懂什麼是從頭，什麼叫開場。人類對於生活總有很多規定，你得做這個做那個。說真的啦！無聊，累死，完全不適合我。所以現在我就隨便從一個地方開始。也許剛好就是從頭開始，也許這就是開場。

美好的時節裡，夜晚既溫暖又明亮*，蜜蜂在椴樹上嗡嗡作響。我正想去教授那裡。等一下再說教授是誰，因為那個現在不重要。

我沿著一條大路穿過村莊走去，經過長滿草的湖邊，吃了幾隻蚱蜢。你問我蚱蜢的優點？就是你吃他們的時候，他們不會哀哀叫。不像鳥，每次都要演整齣。「別吃我！我是媽媽！家裡還有十個孩子要養！」他們超誇張。我每次都像白癡一樣站在那，嘴裡叼著鳥，突然覺得很過意不去。

我走過村子裡的教堂，走過破爛的鳥屋，走過海茲（羅威納犬）的一攤臭尿，走過兩處堆肥，上面堆的東西毫無用處，只有咖啡渣、蛋殼、馬鈴薯皮和蘋果皮。給你們人類一點建議：堆肥裡面只有果皮跟蛋殼，看起來非常寒酸。

我走過一座大沙丘，很快就抵達森林入口，世界的範圍就只到森林的邊界為止。我在夜晚的光下閒晃，心情很好很放鬆，就這樣晃啊晃地穿過一排破舊的木柵欄，進到廢棄房子的花園裡。本來，每年夏天都有人類從城市來到這裡度假，但某年開始他們突然不再出現，從此大家都稱這裡是廢棄房子。

這間房子的窗簾全都拉上，窗戶緊閉。冬天時，風吹過廢棄房子發出呼

＊歐洲夏天夜晚可以到十點才天黑。

呼聲音。肥海茲，那個白癡混蛋說那裡面住著一群狼人。

但現在出現了！我經過廢棄房子時，居然看見一個男人。他就在廢棄房子裡面。我很驚訝，立刻衝到灌木叢後面，怕死了。我心想：該死，法蘭基。現在怎麼辦？

我本想馬上往回跑，然後跟每個我認識的傢伙說這件大事。但我腦袋同時出現幾百個問題：法蘭基，這個男人長什麼樣子？聞起來如何？這男人有什麼可以吃的嗎？你確定他不是狼人？

廢棄的房子裡突然有人，會引來大批好奇的目光，大家都想知道內幕。如果你這時沒有夠多的料可以爆就太失敗了。

所以，我做了任何一隻好貓在這種情況下都會做的事情：從灌木叢後面偷看。

偷聽。

偷看。

偷聽。

偷看。

就這樣過了一段時間。容我跳過一段，因為沒發生什麼事。

偷聽。

偷看。

不斷重複。

然後我悄悄靠近，腳步很輕很輕，隔著約幾條貓尾巴那麼長的距離，看進大窗戶裡，收集情報。

細節一：裡面真的有一個男人。

細節二：他站在椅子上。

細節三：天花板上垂著一條毛線。

細節四：男子的脖子纏著那條毛線。

細節五：補充說明細節四，那條毛線非常粗。

說真的啦，我從沒見過如此美麗的毛線。我超愛毛線的，你們應該知道這一點。我以前跟貝爾克維茨老太太住在一起的時候，我們幾乎每天都在玩毛線。但從沒有人類被綁在上面過，有時會綁上老鼠，當然不是真的老鼠，是用羊毛做的。就算人類以為我們貓會覺得那老鼠是真的，我們也不會假裝那就是真的。我們又不笨。

看到那條極其美麗的毛線，我突然想起貝爾克維茨老太太和我一生中最美好的時光。可惜那段時光沒有持續很久，因為有一天她突然在花園裡躺下，不久就有兩個全身白的男人過來，把老太太放進一輛車頂燈閃爍的車裡。我從此就沒再見過她了。

想起整段回憶讓我心裡有點不舒服，我現在想對那個男人大喊：「嘿！那邊那位玩毛線的！那毛線超讚的，我可不可以跟你一起玩？」

事實證明我不能。

事情發生經過如下：我鼓起所有的勇氣，跳上窗台往裡看。男人站在椅子上，脖子纏著毛線。然後他看到我了，一臉驚訝的樣子，但不是高興的那種，而是嫌惡。他嘴巴像鯉魚一樣張開又閉上，對我說了一些什麼，但我沒聽懂，因為他在窗戶後面，我在窗戶前面。這很合理吧。

我開始眨眼睛。再告訴你們人類另一條重要資訊：貓眨眼幾乎等於微笑。眨眼表示一切都好，我心情很好。有效嗎？我在窗前瘋狂眨眼，但那個男人似乎和肥海茲一樣笨，完全沒搞懂我的意思。

相反地，他朝我的方向揮動著雙臂。我舉起右爪示意：嘿，沒事啦！我懂。玩毛線時，有時會變得比較瘋。但說實在的，他揮手的樣子好恐怖。我舔了舔雙腿之間，好讓自己冷靜下來，因為我非常緊張：法蘭基，現在怎麼辦？

突然，一切發生得很快。男人鬆開毛線，從椅子上一躍而下，廢棄屋子的門「砰」地一聲開了。那男人咆哮著。我跳下窗戶，他抓起一個東西往我這邊丟。我躲過了，但爪子嚇得發軟，軟得像果泥！我看見黑影。某個東西朝我的方向飛來，打中我的頭。

然後我就什麼都不知道了。

我之後聽見的第一個聲音是風在對我低語。我想聽清楚，卻無法理解風想說什麼。我躺在廢棄房子前的草地上。我累壞了，一動也不動，幾乎睜不開眼睛。風吹啊吹的，直到我發現那根本不是風聲，而是站在我面前的那個男人正彎下腰跟我說話。那人用腳輕推我，好像我是死老鼠之類的東西。他問：「你沒事吧？」什麼笨問題，我看起來明顯很慘吧。但我實在太累了，又昏睡過去。

等我再醒過來時，已不知道自己身在何處。我不太舒服，小心翼翼地偷看了一下，就那麼一下下。我看著天花板掛著那條美麗的毛線，然後回想起整件事情的經過。我在廢棄的房子裡！順便告訴你們，我躺在沙發上，身體下面壓著紙，可能是舊報紙之類的。我看到那個男人坐在我對面的扶手椅上，他正拿著一台小電話，很激動地在跟某人通話。我不知道對方是誰，但可以清楚地告訴你：他正在講我的事。

男人對著電話說：「我這裡有一隻死貓。您能過來一趟嗎？對，貓看起來真的死了。……我又不是獸醫，所以我才打電話啊。這不是我的貓！聽清楚，我不知道這隻該死的貓是誰家的貓。長什麼樣？這很重要嗎？就是一隻很普通的貓啊！灰色虎斑，有點瘡疤，有隻耳朵缺了一角。……不知道，我不知道貓怎麼死的！對，我在我的花園裡發現的。請搞清楚……好，我的地址是……不對，那隻貓……」

「窩市勾摸！」我說。

這樣做好像不太明智。我之後要介紹給你們的教授，經常叫我一定要聽明行事，否則會惹上很多麻煩。

但我當下超級不爽。我先是差點被打死，然後這男人又一直叫我貓，我明明是一隻完美的公貓！

「什麼？」男人說。

「窩市公貓！」

這人類看起來是……累了嗎？我的頭也很累，都是打中我的那個東西害的。我重複了好幾次，才順利講出：「我是公貓！」

男人瞪大眼睛盯著我看，好像我是怪物。

我的經驗是：當一隻公貓說話時，人類的反應會變得很怪異。屢試不爽！所以我已經很久沒對人類說話了。最後一次是在村裡的一間店前面，有個女人的東西從購物袋裡掉了出來，我就對她說：「哈囉，女士，請問這是您的吸塵器集塵袋嗎？」

那女人尖叫逃跑，跑過整條村莊街。真是笨蛋！

人類語很簡單。我說的第一個詞是「雪」。然後馬上就學會其他單詞。在收容所裡面，許多動物都會說人類語。貝爾克維茨老太太說人類語，她的電視機也說人類語。

以前，我說人類語說得比貓語還好。

我現在差不多會十種語言，這不算多。教授會說二十七種語言，連山羊語都會，只是這除了山羊外，沒有其他動物會說。很合理吧。身為一隻公貓，要是不會說多種語言可是沒辦法混的。為什麼呢？因為生物多樣性，到處都能遇見說不同語言的動物。而且不是所有動物都能吃下肚，或撕成兩半，或抓過來玩到死，大家必須聊聊。事情就是這樣，這不是我想出來的。比如我穿過森林時，總有一隻巨大的貓頭鷹在那，他整天坐在樹枝上，陰沉地瞪著。我遇到他時，都會用貓頭鷹語親切地說：「嘿，貓頭鷹。怎麼樣啊？」

然後他說：「不錯啊，不然還能怎樣。」

我：「嗯，也是啦。加油喔，貓頭鷹！」

他：「知道啦，法蘭基！」

看到沒？即使是成天坐在樹枝上的貓頭鷹，都可以暢聊一番。當我說話時，唯一會表現得很怪異的就是人類。

那男人依舊盯著我，嘴巴張得開開的。他真的超怕，我能聞得出來。我看到他思考了一下。就在那時，我對自己說：閉嘴，法蘭基。然後等著。這絕對會讓人類發瘋，因為他搞不清楚：我現在是瘋掉了嗎？那隻公貓說話了？這可能嗎？我瘋了？

男人觀察我好一陣子，像是什麼都沒有發生，而我也沒說什麼。他鬆了一口氣靠在扶手椅上，閉上嘴巴，搖頭笑道：「呵呵，怎麼可能。」

然後我說：「怎麼不可能！」

接著他整個大崩潰。完全崩潰！臉色白得跟鹿的屁股一樣。

我有點享受這整個過程。好吧，說真的，我非常享受這整個過程。人類若能展現一點尊重比較好，因為出現在他們面前其實不太安全，他們會踢你或向你丟東西。現在這男人懂得尊重了。無比尊重。

過了一下子，男人說：「你——會——說——話？」我心想：恭喜啊，真是觀察得極其入微。他跟我講話時非常大聲，還把速度放很慢。我跟貝爾克維茨老太太看過一部電影，裡面有一群男人圍著火坐著，他們跟另一群臉上畫著畫、頭上插著羽毛的男人講話。情況跟現在完全一樣。那群男人跟羽毛男人說話時，簡直把羽毛男人當作傻蛋。

這個男人說：「我——理查——戈爾德。」

他說話時，拍了拍自己的胸膛。

我覺得這樣做很怪，但也很有趣，所以我也拍了拍自己的胸膛說：「我——法蘭基。」

男人：「你——的——頭——痛？哎唷？」

我：「對——哎唷唷！」

男人：「對——不——起。」

然後這男人好像就不知道該說什麼了。

他小心翼翼地伸出爪子，輕輕放在我的爪子上。他說：「不——要——怕。」

我覺得他人滿好的。既然這樣，我想，是時候談談重要的事情了。

我：「吃——東——西？餓！」

我指著自己的肚子跟嘴巴。

男人：「吃——東——西？你？我——拿——吃——的！」

我想，這是這位名叫理查·戈爾德的男人說的第一句明智的話。

2 法蘭基男孩

不要太驚訝，從現在起，我要叫那個名為理查・戈爾德的男人為戈爾德。這樣比較簡短，也比較好聽。這個故事還有一大段，而且我就是不喜歡自己的故事裡有人叫理查。他叫這個名字不是他的錯，只是這個名字太難聽。

我很懂得如何應對爛名字。我媽叫我五號。我的兄弟姐妹則是一號、二號、三號、四號、六號跟八號。七號不存在，因為我媽說七號會帶來厄運。所以七號變成八號，但實際上卻是七號。七號的小名就叫作七八。

我後來住進收容所，因為我的下巴是白色的，大家都叫我牛奶鬍。他們這樣一叫，對我該有的基本尊重都沒了。所有動物都在嘲笑我的名字。牛奶鬍！

連隔壁籠子裡，那隻看起來像是用各種不同動物的部分組合起來的迷你北京狗都在笑我。

某天，有個家庭帶著孩子來接我，他們叫我「赫伯特」，有時也叫「伯特先生」。他們覺得這樣好玩又可愛，但我只覺得：你們會不會太過分？

孩子最殘忍了。他們覺得用打火機在我尾巴上點火很好玩，把我當作球一樣丟來丟去，還會大喊：「飛吧，伯特先生！」我因為害怕，就用爪子劃過其中一個孩子的臉，然後又補了一次。真是血淋淋呢。最後我回到收容所。

於是我的名字又變回牛奶鬍。

當我以為餘生都要叫牛奶鬍時，貝爾克維茨老太太來到籠子前，看著我，摸著我的頭說：「牛奶鬍？這就是你的名字？真是見鬼了！」她是一位優雅的女士，但講話常常不那麼優雅。

如果我現在說出不那麼優雅的話，那你們就知道：這不是我的錯，是教育出了問題。

貝爾克維茨老太太帶我回家，聽著音樂考慮了幾天。她聽的是一個美國人的歌，她都叫他法蘭基．辛納屈男孩（Frankie Boy Sinatra）。這個法蘭基男孩唱歌很好聽，但還比不上山雀。不過對人類來說，他已經唱得不錯了。總之，貝爾克維茨老太太問我：「法蘭基。你喜歡這個名字嗎？」我心想：哇。激動得差點跌倒。我馬上跑遍整個村子，向所有人大喊：「我是法蘭基！跟美國的法蘭基男孩一樣！」

現在，你們已經知道我這個超讚的名字是怎麼來的，但我本來不是要講這個。

我要講的事跟剛剛那個完全無關。我很容易分心，所以我常常跟自己說：法蘭基，你不能在講話時失去專注力！但要做到不容易，因為我不確定到底什麼是專注力。好啦，我大概知道啦，只是不完全確定而已。我大概知道那是不可以失去的東西。嗯，我們剛剛本來在講什麼？

我躺在廢棄房子的沙發上，聽那個叫戈爾德的男人在房子裡走來走去。門開開關關。看來他在各處都藏了食物。一想到吃的，我就快瘋了。除了一隻蚱蜢跟一條掛在垃圾桶外的老香腸外，我肚子裡空無一物。好啦，肚子裡還有便便。我跟戈爾德不熟，也跟這棟廢棄的房子不熟。我實在很好奇，就跳下沙發，到處看看。

我的爪子還沒站穩，我就馬上嚇了一大跳，因為這裡還有另一隻公貓。我的尾巴炸成一叢，像舊掃把。我低吼著，感到有些奇怪。那隻公貓跟我長得一模一樣，只是全身黑。然後我搞懂了：我站在一台超大的電視機前，看著螢幕。

我看過不少電視機，但這台實在大到看不見盡頭。見鬼了！

我喜歡看電視，特別喜歡動物演出的節目。我最喜歡的動物電影是企鵝在暴風雪中站在冰洞前面，無盡等待魚出現的那部。我搞不懂企鵝在想什麼，但有機會的話，我想跟他們聊聊他們的生活。

人類演的電影很無聊，因為他們幾乎都在做一樣的事：殺別的人類。用各種想得到的方式。原因我不清楚，畢竟他們也不吃那些被殺的人。

想到如果每天晚上都能躺在這張沙發上，爪子抓著遙控器，我就受不了。我是指幸福得受不了。

我在房裡走來走去，眼前看到的盡是書。這裡到處都是書架，上面擺滿了書。如果你們問我，我會說：書沒意義。我只看過書裡的東西一次，裡面除了很多字之外，沒別的東西，害我狂打哈欠。即便這裡都是書，仍是我看過最好的房子。窗戶前裝有窗台，像是為了喜歡躺下、偷看、睡覺的公貓特別設計的。我走來走去到處聞聞，對某種氣味留下深刻的印象。你們沒猜對，這裡聞起來不像死老鼠或肥海茲的尿。聞起來……是某種悲傷的氣味，像一個沒人居住的古老狐狸洞。我不知道你們有沒有參觀過這樣的地方。狐狸洞裡的氣氛不太好，聞起來是一種充滿回憶和告別的氣味，能感覺到狐狸曾經快活過的歲月一去不復返。

這間房子聞起來就像那樣。

我上樓，看見更多的房間跟書，只是多了張大床。我立刻跳上去，想都沒想。我像瘋子似地在被子上踢來踢去，抓呀抓呀抓，然後不自覺地開始發出咕嚕聲。

我早忘記上次躺在床上是什麼時候了，我可以告訴你們我住哪。我就住村子後方，一條大馬路的盡頭，那邊有座被柵欄圍起來的小山。人類把他們不要的東西都丟在那，車輪、椅子、收音機和舊襪子之類的。你們絕對不相信人類生活到底需要多少東西！他們著迷於各種物品，然後用物品填滿房子。如果房子太滿，就丟掉一些舊東西，接著再買新的。我之後要介紹給你們的教授說，這就是文明。人類很文明，而我們動物不文明。你若是很文明，就需要一大堆的東西，好讓其他人類對你刮目相看，知道你有多文明。這很像一群大猩猩搥著胸部，只為了證明自己很重要。無論如何，我很高興人類如此文明，因為他們建立了這樣一座美麗的山。我這輩子還沒擁有過什麼東西，除了圍在脖子上的小領巾。那是貝爾克維茨老太太送給我的，為了紀念她，我都戴著領巾。

我告訴你們我住哪，就在那座山頂，那裡有個生鏽的浴缸，底座朝上，靠在一塊大石頭。我就住浴缸裡。或者說，浴缸下面。

住在山頂很好，因為景色優美，空氣新鮮。但住在山頂也不太好，因為浣熊晚上會偷偷出沒，他們的尖嘴利牙常把我嚇得屁滾尿流。

冬天時，我會蹲縮在浴缸最裡面又冷又硬的角落，頭放在爪子上，用尾巴緊緊圍住自己的身體，我那沒肉的貓屁股因寒冷而顫抖著。這時，我會幻想自己住在下面村子一棟煙囪冒煙的房子裡。因此，我幾乎不敢相信自己正躺在一張床上。我好好思考了一下。不用懷疑，戈爾德是個傻子，但我認為他不是很危險的那種。加上他還會良心不安，加上那條美麗的毛線，加上他有一堆食物，加上世界最大的電視，加上超級軟的床，加上這屋子裡的一切。

好，把以上這些全部加起來，用你們聰明的頭腦得出結論。

沒錯，中頭獎！

好啦，至少我本來是這麼想的，直到戈爾德回到屋裡。

「哈囉？」

「我在上面。」我說。

「噢……我……食物……玻璃……」

我沒聽懂半句，就衝到樓下。戈爾德站在廚房。

「我——到——處——找——但……」

聽到這裡，我完全失去耐心。

「好了啦，夠了。把我當人類一樣正常說話！有什麼吃的？」

戈爾德盯著我看，臉色蒼白。他說：「我只找到這個。」然後把兩個玻璃罐跟一個罐頭放在廚房桌上。

結果證明，兩個玻璃罐跟那罐頭裡面全都是垃圾。玻璃罐裡有肥肥的綠手指，戈爾德說那是「酸黃瓜」。罐頭裡則是塞了一種黃色的圈圈，中間有個洞。

「這是鳳梨。」戈爾德說著，拿了一個黃圈圈給我。「這個是……呃……很甜的異國水果，來自南方。像拉丁美洲，或非洲。鳳梨長在灌木叢上，不是長在樹上。」

我馬上注意到，戈爾德說起話來很奇怪，很像天鵝，會對你講一堆沒人感興趣的事。如果我對在湖面上的天鵝說：「嘿，天鵝？過得如何啊？」我保證天鵝會說：「過？我都是用游的喔。但還是謝謝你的問候，親愛的法蘭基先生！我今天游得很好，水溫剛好，很溫暖，雖然湖的中央有些波浪，就會有冷水從下面湧上來。我太太總說……」整個沒完沒了。我打盹。睡到流口水。這就是為什麼大家都不愛跟天鵝聊天，他們實在太自以為是了。

「你有找到肉嗎？」我問。

戈爾德搖頭。

「香腸呢？至少來塊起司吧？我喜歡埃曼塔起司。」

戈爾德搖頭。

「還是奶渣？鮮奶油？都沒有？牛奶呢？」

「對不起，我沒找到吃的！有的話我一定會給你。全都給你。但我已經很久沒來這間房子了。自從琳達一年前……嗯……就這樣。我也沒買菜，所以……嗯，我是說，何必呢？」他指著那條毛線。搞什麼？我不懂戈爾德在說什麼。我只聽懂：沒東西吃。只有綠手指跟有洞的黃圈圈。

我就吃了一個有洞的圈圈，吃起來很甜，超甜，像老鼠耳朵後面那塊的味道。只是沒那麼好吃。但我想像這是老鼠耳朵，這樣就比較好吃了。

我吃完後，戈爾德打開門說：「好啦，我猜你現在想離開這了。你終於可以回家……」

我不甩那扇門，走過戈爾德身邊來到客廳，跳上沙發，伸個懶腰，然後說：「有裝第四台嗎？你喜歡看動物頻道嗎？」

結果證明，很不幸的：沒有第四台。

「這麼大的電視，沒有第四台？」

「退訂了。」戈爾德說。他在廚房站了一會，就去房間拿了一個瓶子，然後走到對面的扶手椅坐下。就這樣。

戈爾德沒說話，只是看著那條毛線，按著額頭，若有所思的樣子。我也沒說話，因為我不知道該說什麼。或者說，不知道如何開口。

我不知道如何跟人類進行對話。到目前為止，人類說話我都只有聽的份。更何況，我已經習慣在進行交談之前，要先跟對方互相聞一聞。這跟文化有關。舉個例子，我遇到狗或其他公貓，如果他們沒有攻擊性，或髒兮兮、長滿蝨子，我們就互聞對方。剛開始要小心地聞，然後就可以用鼻子到處聞個痛快。我要強調：到處聞個痛快。

透過這種方式，我們可以知道對方很多事情：年齡、居住地、個性弱點等等。我跟朋友，還有等一下要介紹給你們的教授都是這樣認識的。我們就是這樣，鼻子上下左右，裡裡外外，霹哩啪啦。等到我們把鼻子收回來時，就很清楚了：我們合得來！

人類不一樣。至少我從沒看過他們把鼻子伸進什麼東西裡聞，這也是為什麼跟人類交談那麼複雜。但這純粹是我個人的意見。

戈爾德還是不說話，只是一直喝瓶子裡的東西。那東西看起來像水，但聞起來不像。天黑了，沉默充斥整個房間，在我看來，這樣下去會出問題——氣氛上的問題，尤其我們又共處一室。我考慮了一下要不要跳到戈爾德腿上，把我的屁股放到他臉前讓他聞一聞，算是作為談話的邀請。但我突然講了別的，那句話就這樣從我嘴裡迸出來。

「你聽過飛寶*嗎？」

戈爾德盯著我，眼神像是看到我在他的地毯上大便。

「什麼？」

「飛寶啊？一隻超級聰明的海豚，很愛幫助人類。電視裡播的。我很愛看。但我不太相信。」

「什麼？你不相信什麼？」

「就是，我不相信海豚有那麼聰明。我認識一條鯉魚，在這地區的湖裡。他也是魚，可以算是小小海豚吧。但他就沒那麼聰明。零智商。你見過聰明的鯉魚嗎？或是海豚？」

這真的是一個很好的話題，毫無疑問。「海豚跟鯉魚不一樣，海豚不是魚。」戈爾德說。「海豚是哺乳類動物，鯨魚也是。」

然後他又不說話了，只是喝著那瓶東西。他一定很渴。我已經在想：

＊飛寶：出自美國影集《慧童與海豚》（*Flipper*）。

傻眼，跟這個人真的無法相處耶。這時，戈爾德突然說：「你聽過萊西嗎？」

我說：「當然啊！」

然後他說：「哇，萊西。我從小就想要一隻那樣的狗。牧羊犬！好美！我那時候超喜歡萊西的。」

對話就這樣開始了。我們從飛寶、萊西一路聊到飛利*。談到最佳搭檔雷克斯*。接著又聊到大青蛙科米、金剛、小鹿斑比、靈馬愛德、加菲貓、普通的企鵝，以及小蜜蜂美雅*為什麼那麼令人煩躁。

「蜜蜂難道都那麼自以為是嗎？」戈爾德問。

「大多數都這樣。」我說

戈爾德知道很多動物明星的趣事，但也知道很多無聊的事。他聊到文學中的動物，還問我知不知道莫比・迪克*、公貓莫爾克殺*，以及一隻笨熊。是叫魏尼、薇妮還是維尼什麼的。麻煩的是，我漸漸聽不懂戈爾德在說什麼了。那個瓶子已經空了，他說話像是嘴裡含著一球鳥飼料。最後，戈爾德在扶手椅上努力地往前傾，頭晃來晃去，我聞到那個瓶子裡的味道。

「法蘭基，我問你。說實話，我是不是瘋了？說實話喔！」

我回答：「沒啦。嗯。我不覺得。」

他說：「這就是證據！如果去問一隻貓，自己是不是瘋了，然後對方還

＊飛利：出自美國影集《寶馬神童》（*Fury*）。

＊雷克斯：出自奧地利與義大利合拍的影集《最佳搭檔雷克斯》（*Kommissar Rex*），描述一隻名叫雷克斯的德國牧羊犬與警方辦案的故事。

＊小蜜蜂美雅：出自德語童書作品《小蜜蜂美雅歷險記》（*Biene Maya*）。後來德國與日本合作將其改編成卡通。

＊莫比．迪克：美國小說《白鯨記》（*Moby Dick*）裡的大白鯨名為莫比．迪克。

＊公貓莫爾克殺：德語小說《公貓莫爾的生活見解》（*Lebens-Ansichten des Katers Murr*）裡的貓主角名叫莫爾（Murr），法蘭基聽成莫爾克殺（Murks）。

回答，這樣一定是瘋了。」

之後戈爾德就不說話了。他只是悲傷地靠在扶手椅上，最後閉上眼睛，發出狼嚎般的鼾聲。無論如何，這次對話非常成功。

我躡手躡腳地爬上樓，來到有那張超級軟床的房間。我躺上去，因為實在太興奮了，我又跳到窗台，看著窗外皎潔的月亮掛在小山上，山頂有我的舊浴缸。我心想：法蘭基，你這個瘋子。沒有人會相信今天的事，連我自己都不相信。

3 關於「體諒」這回事

天將亮時，我變得很焦躁。戈爾德還在扶手椅上睡覺，我跳到他的腿上說：「嘿，醒醒啊！」戈爾德沒反應。我用爪子壓壓他的臉還有鼻子。壓人類的鼻子很好玩，因為他們的鼻子光禿禿的，還很軟，有點像是沒有殼的肥蝸牛。戈爾德驚醒，然後盯著我說：「噢，靠，你是真的存在，不是我在做夢。」

「我要尿尿，可不可以請你……」

我用爪子指了指大門。

「現在……幾點？」

「不知道。我是公貓，又不是時鐘。」

戈爾德看了他的小電話，小電話在黑暗中閃著光，像螢火蟲。

「四點半……」

「嗯，又怎樣？」

「太早了吧。」

「我要尿尿。」

「憋著吧。七點以後才可以尿尿，這是家規。我的房子，就該照我的規矩走。」

然後戈爾德閉上眼睛。

我又把爪子按在他鼻子上。

「我說七點！」戈爾德說，然後側過身去。

我把嘴巴湊到他的耳朵旁，像直接把話灌進一個老鼠洞：「我——要——尿——尿。」

「滾啦！」

我發出幾聲絕望的喵叫，但是戈爾德一動也不動。我就跳到沙發上面，開始狂抓沙發。

「你在幹什麼？住手！」戈爾德喊。

「我對整體情況很不滿。我要表達出來。」

「所以你要毀掉我的沙發？」

「我要尿尿。」

「我要睡覺！現在是半夜耶，而且我現在狀況一點都不好。你可不可以體諒一下？謝謝。」

「體諒是什麼？」

「你現在是在弄我嗎？」

「弄你？」

「就是開我玩笑。嘲笑？愚弄？聽過嗎？啊，隨便。你想知道體諒是什麼嗎？」

「我想尿尿。」

「天啊，你超煩！體諒就是考慮別人的需要。」

「嗯嗯。我喜歡這個說法。但我要尿尿！」

「考慮別人的需求！不是自己的需要！」

「我懂啊。」

「真的嗎？」

「不懂。」

「你聽清楚：我現在起床去開大門，就是考慮你的需求。但你回來之後，就閉上嘴，讓我睡覺，考慮我的感受。」

我說：「好啦，我知道了。」

但這樣當然一點都不好。我在蔓草叢生的花圃裡尿尿，聽見動物的聲音，看著天空，心裡想著：體諒，怎麼可能做到！如果有隻飢餓的老鷹盤旋在我上方，他才不會說：「我要抓你囉，法蘭基！我可以等你尿完再抓。」

然後我說：「噢，謝啦，老鷹！」

對方再回：「舉手之勞，法蘭基！一定要體諒對方啦。」

人類對很多事情真的一無所知。如果你們跟一個人類住在一起，那麼有件事情很重要，就是設定界線！告訴對方，誰才是老大，不然他們就會爬到你頭上，然後決定一切。體諒這種事到後來會讓你做什麼都需要經過同意。你要尿尿，他們就規定時間；你要睡覺，他們就規定地點。如果事情發展成那樣，體諒就會讓你落得跟肥海茲一樣的下場。

肥海茲住在廢棄房子那條大街的轉角處。他不是狗狗界裡最聰明的，但這也不是他的錯。我常替他感到難過，因為他每天都追著人類丟進大花園裡的一根木棍跑。同樣的事一再發生：有個人類坐在房子外的木椅上，抽著菸，伸著短腿。這個人叫考夫曼先生，他也很肥，甚至比肥海茲還肥。為了讓你們可以想像那個畫面，我來形容一下：考夫曼先生丟木棍時，全身都會搖晃。肥海茲會追上那根木棍，然後放回考夫曼先生的腳前。接著，一切從頭再一次。

丟木棍。

撿木棍。

丟木棍。

撿木棍。

沒完沒了。

很快就會聽到肥海茲沙啞的喘息聲響徹半個村莊。每個人都在想：噢，他要死了嗎？除了考夫曼先生。他會大叫：「很棒，孩子，你喜歡玩這個對吧？喜歡吧！」

有一次，我問肥海茲到底喜不喜歡這個活動。

我問：「海茲，你為什麼一定要這樣？很沒意義耶，像個瘋子一樣跑來跑去的。」

海茲：「老兄啊，我怎麼不知道，但我無能為力。」

「無能為力？」

「嗯。」

「你想聊聊嗎？」

「我這樣做，是為了我的人類，我覺得他喜歡這樣。我的人類為我做這件事，是因為他覺得我喜歡這樣。」

「了解。但這樣是惡性循環。」

「對啊。」

我想到世界上各個角落的狗狗都在追著木棍跑，只因為他們無法跟人類說真話，或就像自以為是的戈爾德說的那樣：因為他們體諒別人。這就是為什麼「體諒」帶來不了什麼好處，至少對我們動物而言沒什麼好處。就是這樣。

我溜回屋子裡。戈爾德換了位置，他現在躺在沙發上，裹著毯子在睡覺。我用爪子按他的鼻子說：「嘿，醒醒！我餓了！」

正因為我懂得體諒，所以我只按了三次。

沒有食物是一個問題，另一個問題是戈爾德完全不在乎。他就只是躺在那裡。他先是在沙發上睡覺，醒來就只是兩眼虛空地瞪著。這很奇怪。就我所知，人類總是在做什麼，他們會砍伐整片森林，或是蓋間房子，或是把三堆沙子從左邊剷到右邊，或是在哪裡鑽個洞。人類做那麼多事，讓非人類的大家都很反感，因為這樣製造了混亂，破壞了寧靜的環境。不過，若現在能看到戈爾德做點什麼，我反而會很高興。他在這裡連手指都不願意動一下，令人感到毛骨悚然。

我又再說了一次：「我餓了！」但這次我裝可愛，這招對人類很有效。可愛是這樣裝出來的：歪著頭，嘟著嘴，耳朵稍微壓低，睜大眼睛，最重要的就是——把以下的一切都濃縮進你的眼神裡：愛、期待、痛苦、渴望等等。當然要調整好比例。放太多痛苦進去不太對，因為人類這樣就不會覺得：哎唷，好可愛喔！而是：噢，消化出狀況了嗎？

連裝可愛，戈爾德都毫無反應。

「去抓老鼠吧。」他只說了這句。

我變得極度不安。感覺不太對勁。

「你不餓嗎？」我問。「你不想也吃點東西？」

「我什麼都不要。」戈爾德說。「無所謂。一切都無所謂了。」

這比只是躺在那裡或呆呆瞪著還要恐怖。我認識的動物形形色色，其中有的也很奇怪：貓頭鷹、天鵝、狗、一隻獨眼獾、一隻打嗝的喜鵲，和一隻跟匈奴王同名，叫作阿提拉的綿羊。但我真的想不到有誰會說他不需要食物，而且對一切都無所謂。我相信，就連一隻整天推糞的糞金龜也不至於覺得一切都無所謂。因為，一坨坨的狗屎就是他的興趣所在。

我跳上窗台，沮喪地看著花園，開始思考。如果現在戈爾德一切都不在乎，那他也不會在乎我。而我想住在這間廢棄房子的美夢、還覺得自己中大獎這些事情，就全都不用想了。傷腦筋啊。

但有突發狀況。無論是故事中還是在生活裡，總有這樣的突發狀況。

我看到窗外有台白色小車正從大街行駛過來，然後直接停在廢棄房子的前面。一個女人下車，手上提著箱子。正要按門鈴了。

「有訪客。」我說。

「靠。」戈爾德說。

4 小便便

拿著手提箱的女人又按了兩次門鈴，無人應門，於是她打開花園的門，穿過花園，往屋子的方向走來。戈爾德看到整個過程後從沙發上跳起來，向門走去。但他隨後又跑回來，站到椅子上，急著把那根毛線解下來。他想了一下該怎麼處理那條毛線，於是就把它丟到沙發後面，再跑回大門那邊。我小心地跟著，躲進廚房，從角落偷看。

戈爾德打開大門，跟那女人說話。她聽起來很年輕，至少比戈爾德年輕。但拜託別問我她長什麼樣子。我不知道！你們可能從故事一開始就想問——我也沒辦法很精確地說戈爾德長什麼樣。

抱歉啦。我聽說，人類寫書的時候，喜歡詳盡描述人類，或是樹，或是天空的顏色。這是出版社的人告訴我的，因為讀書的人希望腦中可以有畫面。出版社的人甚至朗讀了一本書作為例子，作者很有名，名字是叫──什麼──我──忘記了，那人寫個沒完，描寫一個人如何抓腳，如何從生鏽的水龍頭中取水喝，然後又抓腳，腳上有多少腿毛。花了超多篇幅，很厲害。

但我是一隻公貓，對我來說，人類看起來都一樣。就是有一個蛋形的主要部分，上面有四條長長的腿跟爪子，還有一顆大頭。好啦講完了。毛？忘了講。就只是幾撮，黏在不合理的地方。創造人類的傢伙，應該沒花什麼心思在上面。就這樣。

現在，我要慢慢回到正題：我以氣味跟聲音來區分人類。提手提箱的女人聞起來有花香、青草還有牛奶味。戈爾德聞起來像灰塵、濕樹葉，以及他拿的那個瓶子裡不像水的水。戈爾德的聲音像一群熊蜂發出的嗡嗡聲，而那個女人的聲音是嘰嘰喳喳，像家雀，但聲音更高更硬，更像一般麻雀。帶著手提箱的女人嘰嘰喳喳地跟戈爾德說：「您打過電話給我們。為了一隻死貓。」

「啊……對！」戈爾德說。「獸醫診所。您是哪位？」

「安娜．柯馬洛娃。我是獸醫。那隻動物現在在花園嗎？」

「不……已經不在那了。我覺得，這件事已經處理完了。」

「處理完了？」

「我搞錯了。那隻……公貓還活著。我應該早點通知您的，很抱歉。」

「所以那隻公貓先是死了，然後又活過來了？像耶穌復活那樣？」那位叫作安娜．柯馬洛娃的女人笑出來。

「聽我說，讓您白跑一趟，我真的很抱歉……」戈爾德聽起來很火大，非常火大。

「有那隻公貓的蹤跡嗎？」

「蹤跡？」

「您有再看到他嗎？他有可能受傷，現在還躺在某處的草叢裡。」

安娜掃視著花園。

「沒有，沒有，不在那了。您可以安心回去了。相信我，那隻公貓現在很好。」

「確定嗎？您怎麼知道他是公貓而不是母貓？您檢查過那隻動物了嗎？」

「什麼？沒有啦！當然沒有。是他跟我說的……啊，不是他跟我說的！我說的，我說的。一定是公貓，我看到他躺在那裡時，這樣對自己說的。這很正常啦。」

安娜看著戈爾德的樣子，像是他頭殼壞去。「好，如果我理解正確的話，本來花園裡躺了一隻，我說是像貓的動物好了。然後您看著他，對自己說：啊，這一定是公貓。而且他還死了。接著您打電話來我們診所。最後這隻死掉的公貓其實沒死，只是……不在這裡。因此您就相信，他還活著。您沒再看到他，卻可以確定他沒受傷。所以您也就沒再檢查花園，即使這是每個正常人在發現貓之後都會做的事。尤其那隻貓先是死了，然後又突然消失。您知道這一切聽在我耳裡是什麼樣子嗎？」

戈爾德點頭，然後說：「好。」接著又說了一次：「好。」他看著安娜的樣子像要把她的頭咬下來。但她也以同樣的眼神看回去。跟你們說，這就像兩隻發情的鹿站在晨光照射的林中空地，互相以怒目注視著對方，準備發動攻擊。

「您就是不肯放過這件事，對吧？」戈爾德說。

「這種愚蠢的故事，我是不會買單的。」

「好，隨便您。那隻公貓就在這棟房子裡。歡迎您把他帶走，我沒差。您帶他走還算幫了我一個忙。法蘭基！這裡有你的訪客。」

就這樣，我認識了安娜．柯馬洛娃。她蹲在我面前，微笑著說：「哈囉，法蘭基。我是安娜。」

她沒有馬上碰我，而是先伸出爪子讓我聞一聞，我自己是覺得，她這個人很有禮貌，也很友善。

「我現在幫你檢查一下好嗎？」她說。「不要害怕。這很快，也不會痛。」

全都是謊言。

這個安娜說的人類語有點奇怪，我指的是從語氣上來說。她對我說：「便便（Kot），我的小便便。」她一邊哼著歌，一邊在手提箱裡翻找。我有點生氣，便便？妳叫我便便？像是能讀懂我的心思一般，她接著說：

「俄語的Kot是公貓的意思。我的小公貓。」

對此我真的不明白，為什麼會有不同的人類語？我在之前待過的動物收容所見過一隻公貓，叫作胡安，他來自很遠很遠的地方，什麼西班牙之類的。這不成問題，因為胡安不講什麼西班牙貓語，如果你們是這樣想的話。他就是講通用貓語，我們都這樣。因為沒有別種貓語。大家都接受。總之，我說：「嘿，胡安，西班牙是什麼樣子？」

胡安：「很熱。」

我：「那母貓呢？」

胡安：「我的朋友啊*，她們很辣。」

之後我們交談愉快，我學到了很多關於西班牙的知識，像是那裡的人類會把公牛曬乾，還會跟烏賊在競技場上打鬥之類的蠢事。現在你們想像一下，兩個人類坐在一起，一個來自很遠很遠的地方，一個來自很近很近的地方。然後你們就可以不用再想下去了。因為他們不能理解對方在說什麼，就抓著頭成天想著：啥？而這可說是世界上最蠢的事了。

我不想告訴你們接下來發生的事，但我還是要說。安娜說：「我的小公貓，你現在要勇敢一點。」然後揉揉我的頭。她先摸了我的左耳，上面缺了一塊，是被浣熊用鋒利的牙咬下來的。浣熊是大壞蛋，會偷其他動物的耳朵。

然後安娜捏到一個很不舒服的地方，有個東西在我身上起反應。她說：「噢，噢，我的小公貓。」然後滴了什麼在上面。那東西讓我刺痛得像被火燒！我可憐兮兮地叫著，叫到我自己都很尷尬。接著突然有箭刺到我，我叫喊著發出怒吼。在我嚎叫之時，安娜已經把某種東西塞進我屁股，一

＊原文：Amigo（西班牙語）。

根冰冰的小棍子。我感到來自四面八方的攻擊！我正想說：好，現在是從後面攻擊是吧。這時安娜又攻擊前面，扯開我的嘴，塞了東西進去。「驅蟲用的。」她說。

我覺得自己是世界上最髒的貓。安娜把我翻過來，掰開我的爪子，亂翻我的毛。

「啊，很好，你結紮了，我親愛的小公貓。」她說。之後她放開了我，我立刻衝到沙發底下，縮成一團，屁股抵著牆，身體因為恐懼和憤怒顫抖著。人類！你們為什麼這樣對我？欺負我這樣一隻完美的公貓，用箭刺我，還把那個灼燒的東西塗到我頭上。這樣做讓你們很快樂嗎？你們到底多過分？而且為什麼我是結紮的？

講真的，我不知道結紮是什麼意思。但如果我結紮，我應該會知道，很合理吧。或至少我會感覺到自己是結紮的。照理來說，會有人跟我說：

「嘿，法蘭基，你今天看起來不知為何很結紮耶。」但人類就是這樣，喜歡丟出複雜的詞彙，講些關於動物的蠢話，因為他們認為，只有自己才懂這些詞彙，然後充滿優越感地，覺得自己是世界的統治者。

我縮在沙發下顫抖時，戈爾德跟安娜在講話。我可能沒聽清楚他們全部的對話，因為我當時仍處於驚嚇之中，而且在沙發底下本來就很難聽清楚。我聽到的對話大致是這樣：

「這是藥。」安娜說。「每天餵他吃一次，連續吃五天，這樣他頭上的傷才不會發炎。」

「我沒辦法照顧他。」戈爾德說。「我……我要走了。這隻貓不是我的。」

「但是他正窩在您的沙發底下。在您的家裡。」

「請把他帶走，拜託。」

「我是獸醫，不是收容所的人。」

「我真的辦不到，對不起。」

「您是有什麼問題啊？」

「我——我就是問題所在。」戈爾德說。

「對貓毛過敏？」

「什麼？不是啦……」

「不是的話，照顧動物五天，給他一點營養，這連小孩都能做到。請您別當個混帳，買一些好的食物給他吃，他太瘦了。這裡是動物用品專賣店的地址，您可以在這找到所有東西。我會再來看他的情況。他是隻可愛的小公貓，請好好對待他。」

然後安娜就離開了。她坐進自己的小車，車子呼嘯駛進大街。

五天啊，我心想。

5 最高領袖萬歲！

我小睡了一下。又醒了。戈爾德不知什麼時候站在沙發前，說：「法蘭基，你還在底下嗎？」我說：「也許吧。」

「我要出門。」戈爾德說。

「出門？去哪？」

「辦事，買東西。」戈爾德說。

「去動物用品店？」

「可能會。」

我從沙發底下爬出來。

「我也要去。」

「你休想。我很快就回來。」

「我也要去。」

「法蘭基，這個家適用SOP。」

「SOP？」

「標準作業程序。意思是：我說什麼，你做什麼。最重要的事是：別煩我！不然我也不會讓你太好過。」

「你不高興嗎？」

「現在還不特別生氣，但情況變化很快。」

「噢。了解。有意思。」

然後，我就跟在戈爾德後面走到車子旁邊，他不能拿我怎麼樣。一打開車門，我就快速溜過他身邊上了車。小事一樁。我嗅了一下周圍，然後坐在戈爾德身邊，說：「我覺得可以出發了。」他皺著眉頭看我，我以為下一秒他就要把我趕出車外，但他卻說：「啊，隨便你。」就開車出發了。

你們可能在想：為何公貓要一起去購物？也太蠢了吧。但我不信任戈爾德。他跟安娜說過：「我沒辦法照顧他。」他可能想就這樣逃跑，留我在這。人類就是這樣，我親身經歷過。貝爾克維茨老太太先是把我從動物收容所裡接出來，然後她就離開了。說變就變。她上了那台車頂亮著燈的白色汽車走了，沒說再見，也沒給理由。所以我現在才坐在這。

除此之外，我聽到動物用品店馬上就豎起耳朵。我認識一隻狐狸，他認識一隻梗犬，那隻梗犬的叔叔曾經去過動物用品店。是狐狸告訴我的。總之，動物用品店是人類為動物服務的場所。他們穿著白色衣服，非常有禮貌，還會講所有動物語。才走到入口，就會有人奉上食物，並問說：

「您想吃什麼？乾的還是濕的？地方特色口味還是異國料理？」

如果帶著行李，例如一隻馱驢，就會有人跑過來，幫驢子馱行李。在動物用品店可以讓人類摸摸你，幫你除蝨，給你按摩，弄造型，用貓薄荷洗澡，或整天看企鵝的影片。

我當時說：「哇，狐狸。這聽起來超讚的！」

他當時回：「我跟你說，動物用品店真的是世界上最美好的地方。」

但你們也應該要知道：狐狸常撒謊。好啦，或說他們總是那麼誇張。這是狐狸的天性，我不覺得這有什麼不好，他們沒有惡意。你如果在森林遇到狐狸，問他們：「離河邊還很遠嗎？」他們肯定會回：「就在轉角處啊，我的朋友！」但你其實還得走大半天。狐狸從不說任何人、任何事物的壞話，他們永遠正向，永遠只有陽光的那一面。因此，大家喜歡邀請狐狸參加葬禮，讓他們發表悼念詞，最後大家都會哭得很傷心，然後喜歡死者勝過生者。所以就算動物用品店實際上只有狐狸講的一半好，我也一定要去。

我們的車沿著大路穿過村莊。我每看到一個人或動物，就向他們揮動爪子，好像我是總統或國王。我從電視上知道，國王和總統每天都要做這些事，坐著車四處揮手。我不知道他們這樣做的原因是什麼，但我覺得，如果必須像人類那樣整天工作，那就做吧。如果你們有需要，我絕對會是一個好總統。

離開村子後，車速加快了，我看著窗外，都是一些我沒去過的地方，陌生的領域。好恐怖。這世界也太大了！這裡到底有多少可看、可嗅、可以偷聽的！

不幸的是，車子發出超大的轟轟聲，顛簸得厲害，樹木、灌木甚至雲朵都從我的身邊飛過，我開始覺得不舒服。什麼時候樹開始會這樣飛來飛去？我打起哈欠，痛苦地喵喵叫，我覺得頭暈，身體虛弱。好想吐。我為什麼要上車呢？法蘭基，你這個蠢蛋。

「怎麼了？」戈爾德問。

「我不舒服。」他開車速度放慢。

「謝謝。」我說著就打了哈欠，平躺下來。

「別吐在我車上。」戈爾德說。「你坐的可是一九八六年280 SL款的古董賓士。」

「了解。」我說。完全不知道他在講什麼。

這台車空間很小，聞起來很舊，有點像淋濕的狗，而且只有兩個座位。我猜是給窮人開的車。

戈爾德把車窗搖下，空氣灌進來。接著他放音樂，一種小小聲亂彈亂唱的音樂。

「集中精神聽音樂，然後深呼吸。」戈爾德說。「琳達常常暈車。你必須深呼吸。有意識地吸氣，再吐氣。這樣很有用。」

「誰是琳達？」我邊深呼吸邊問。

「我太太。」

可惡，我心想。一個人已經可以惹出很多麻煩，而且還搞不清楚問題出在哪裡。兩個人還得了？

「你有太太？」

「曾經有過。」戈爾德說。「現在沒了。」

呼，好險。我心想。

「那她現在在哪？新的地盤嗎？」

「可以說她在天上。」戈爾德一邊說著，一邊指著上面。

「天上？跟鳥一起的那種？」

人類在上面飛來飛去，我怎麼聽都覺得不太可能。

「在神那邊。如果有神的話。」

「天上？神？我不懂。」

「深呼吸，不要聊天！」

「我可以邊深呼吸邊聊天。神是誰？」

「你不信教，對吧？」

「信教是像結紮那樣嗎？」

「不全然是。神就是，嗯，就是老闆。他創造了世界，引導並保護人類。信教就是相信神。」

「啊，最高領袖！」

「沒錯。你相信最高領袖嗎？」

「有些狗相信，特別是帶攻擊性的那種，但他們頭腦不那麼清楚。比特犬、杜賓犬跟鬥牛犬之類的。他們認為，最高領袖真的存在。最高領袖叫作白朗蒂，那是他成為最高領袖前的名字。」

「白朗蒂。」

「我聽說的。最高領袖肯定非常老，是一隻牧羊犬，但特別巨大。有超大的鼻子，超大的牙齒，住在某個超級大山的山頂上的一棟超大狗屋裡。有時候，他會向山下吠一些很有智慧的話，山下的狗都要服從他。也許他吠的並不是什麼有智慧的話。」

「那你呢？」

「我不知道最高領袖是不是真的存在。」

「所以你是不可知論者？」

「當然。」

「你知道什麼是不可知論者喔？」

「不可知論者賣眼鏡呀。」

「那是驗光師*。」

「我是這樣看的啦。不可知論者難道不賣眼鏡嗎？」

「一定有某些驗光師也是不可知論者。」

「你看吧。」

「但他們不一樣啊。」

「我沒說他們一樣呀！」噢。我好想吐，非常想吐。

路面變得更顛簸，車子突然上上下下彈跳著，好像我們在衝浪。這不代表我衝過浪，但你們懂我的意思。戈爾德把手放在我的頭上，好像他很害怕，可惜只有一下下。他的手很大很重，我的頭幾乎消失在他的手下，像在一個山洞裡。這讓我鎮定下來。我閉上眼睛，深呼吸——有意識地呼

＊法蘭基把「不可知論者」（Agnostiker）跟「驗光師」（Optiker）搞混。

氣、吐氣——並聽著亂彈亂唱的音樂。但是，最有用的還是聊天，因為可以分心。

「為什麼你太太一定要去天上？路不是很遠嗎？」

「我的太太死了。」戈爾德說。

就在那時，我才了解發生了什麼事。

但我還不能完全聽懂。

「天上不是一個具體的地方。」戈爾德說。「比較像是……一種比喻。可以安慰人的說法。你懂嗎？」

「不懂。」

「很多人相信，死後還有一個世界。死者的靈魂會升到天上，神就在那裡。天上就是神的所在。」

「我也有這種靈魂嗎？」

「有啊。萬物都有。」

「好酷。那靈魂是什麼？」

「你就是想知道是吧？靈魂就是，怎麼說呢，你身上不朽的部分。你的感受、想法、經驗，你存在的精髓。」我覺得這些聽起來都太複雜了。什麼比喻、精髓的。但無論如何，擁有靈魂聽起來不錯。畢竟我們永遠不知道事情會如何發展，也不知道是不是有要用上這種靈魂的時候。而且我現在是不可知論者。我覺得，所有不可知論者都有靈魂，不然不能當不可知論者。但詳細是怎樣我也不清楚。

「你也是不可知論者嗎？」我問。

「我是無神論者。」戈爾德說。「至少我以前是這樣想的。」

我最好別問無神論者是什麼，不然頭會爆炸。戈爾德也沒跟我解釋，你們就自己想辦法弄清楚吧。

我翻過身，爪子舉在空中，這是我打盹最喜歡的姿勢。但我無法入眠，我的胃在瘋狂翻攪。我看著窗外，此時湛藍的天空比勿忘草還要藍，而且大到難以想像，因為天根本沒有盡頭。我們已經開了很長一段路，我一生到現在還沒坐過那麼久的車，而天空還是在那。我們似乎無法逃離天空，這點有嚇到我。尤其當我想像，一堆人類在天上飛來飛去，還有神跟很多靈魂，還有無神論者跟驗光師跟戈爾德的老婆，也許連貝爾克維茨老太太都在那裡。想到這我就覺得我要完了，因為實在太恐怖了。而且天上還有鳥跟飛機，到底有多混亂！但不知為何，我同時又覺得好像很美。

恐怖又美麗。我想像著，有一天我或是我的靈魂可以去天上住，前提是不可知論者真的有靈魂的話。但講真的，我一點都不想去天上。去動物用品店的這段路就已經夠累了，去天上的那段路我一定撐不下去。這點我很確定。

6 繩拴型動物

我們停在一棟平房前面，這棟房子就像一個巨大的黃盒子放在一片風景之中。

「這就是動物用品店？」

「看起來是這樣沒錯。」戈爾德說。

這邊還有別的盒子，一大堆。裡面不斷有人類進進出出，他們手裡拿著袋子，然後放進車裡，一批人開走後，又開進來新的車子，車裡面走出新的人，再從盒子裡拿著袋子走出來。沒完沒了。我覺得好像螞蟻。

我們下了車。我伸伸懶腰，同時豎起耳朵，因為這裡非常吵雜，而且很陌生。

「準備好了嗎？」戈爾德問。

「從出生就準備好了。」我回答。

「好喔。我們現在就進去，你不准說話。了解？」

「為什麼不行？」

「你現在就可以開始不說話了。」

「但我可能會有話要說耶。」

「你知道這是什麼嗎？看仔細！」

戈爾德用他右爪的兩隻手指做了一個奇怪的手勢。

「我哪知道？」

「這叫沉默狐狸*。你如果看到沉默狐狸就閉嘴，不要惹我生氣！」

「沉默狐狸根本不存在。這點我很清楚。世界上有火狐、白狐、節省狐狸*，還有……」

「法蘭基！沉默狐狸！」

戈爾德朝著動物用品店入口走去。我站在他身後，和他保持一點距離，以防我們遭到襲擊。那裡有一扇門，而門是個大問題。因為門會擋住公貓的去路，而且當別人禮貌地請求它時，它也不願意讓路。但那扇門居然自己打開了，我差點嚇死，因為完全沒人去開或關那扇門。不然就是那個人藏得很好，或是隱形了。但我覺得不可能。無論如何，我在那一刻感到內心的欽佩油然而生。多麼神奇的魔法門。

我進了動物用品店。沒人來為我服務，也沒人穿白色衣服，更沒人說動物語。該死的狐狸！反而是一個非常胖的女人衝向我們，像瘋子一樣地揮

＊德國的老師希望學生安靜時會做的提醒手勢，以中指跟無名指抵著拇指。

＊德語的「節省狐狸」（Sparfuchs）是用來形容一個人非常節省，近乎小氣。

著手，喊道：「喂！這可不行啊！喂喂！」我躲到戈爾德的腿後面。

「這是怎樣？」她氣喘吁吁地站在我們面前，邊說邊指著我。這個胖女人一身黃衣，像一隻巨大的黃色鉤粉蝶，顯然是在這間動物用品店工作的人之一。

「什麼怎樣？」戈爾德問。

「這是您的貓嗎？」

「他是公貓。」戈爾德說。「這點他很在乎。」

「您不能就這樣把動物帶到這裡來。」

「不可以嗎？」

「請不要開玩笑！」

「但這裡是動物用品店吧？」

「沒錯，我們是動物用品店！所以不能隨便想把動物帶過來就帶過來。

這隻貓得出去！」

「他是公貓。」戈爾德說。

這時候，有個女人穿過魔法門進來，她牽著一隻棕色的塞特犬。如果你們從來沒跟塞特犬打過交道，我可以告訴你們：塞特犬非常自以為是。這還是比較委婉的說法。塞特犬認為，自己有超級美麗的毛髮和極可愛的鼻子，其他部分也都是好可愛又超美麗。他們總把鼻子抬得很高，高到連自己的屁都聞不到。就是這樣。

塞特犬說：「嗨，公貓。過得好嗎？」

我說：「嗨，塞特犬。你看起來不錯。」

塞特犬：「這我知道。但今天看起來特別棒，對吧？」

我：「我跟這邊的黃色鉤粉蝶有點問題。」

塞特犬：「噢，辛苦啦。祝你好運！我要去裡面的毛髮及指甲護理區。」

然後，那女人跟那隻塞特犬就走過我們眼前，好像這是世界上最自然不過的事。

「為什麼狗可以進來？」戈爾德問。

「狗只要有繩子牽著都可以進來。規則就是這樣，外面門上有寫。」黃色鉤粉蝶說。

「可這不就是……種族主義。」戈爾德說。

「什麼？您在說什麼？」黃色鉤粉蝶說。

「狗可以，貓不行？您把一種動物置於另一種之上。歧視動物啊。」

「我沒有歧視任何動物！」

「聽好了，我要把這一切都寫下來。我是記者。哇，已經浮現超讚的頭條標題：〈種族主義者如何統治動物用品店〉。我要針對您花最多篇幅，並稱呼您為：動物用品店的黃色小納粹豬。」

「請閉嘴！您瘋了吧！」

「但我可不是納粹豬！」

我站在旁邊，心想：種族主義者？納粹豬？突然我腦中閃過一個想法，我可以收集聽到的那些人類複雜的詞彙，然後解釋給其他動物聽。有一本寫給人類看的厚書叫作《布萊姆的動物生活》（*Brehms Tierleben*）。貝爾克維茨老太太就常常使用這本書，裡面有很多關於動物的內容。但有沒有專為動物寫的關於人類的厚書呢？看吧！

出自《法蘭基的人類生活》：

種族主義者：

黃色的肥胖女人，外型類似黃色鉤粉蝶。在動物用品店工作。她說：狗可以，貓不行。

納粹豬：

不是豬。而是：黃色的肥胖女人，外型類似黃色鉤粉蝶。在動物用品店工作。她說：狗可以，貓不行。

朋友們，問題還是在於：我懶到寫不出這麼厚的書。這我必須誠實地說才行。

戈爾德與黃色鉤粉蝶繼續吵，我不懂為何戈爾德如此執著。他一直重複說著種族主義跟納粹豬，黃色鉤粉蝶眼中已經充滿淚水。突然間，我為她感到難過。這就像只為了取樂，玩一隻受到驚嚇、已經半死的老鼠……不過，我都這樣耶？這個例子太爛。忘掉老鼠的事吧。

「那您就用繩子牽住貓吧。」黃色鉤粉蝶最後說。

「他是公貓。」戈爾德說。「可以請您借我一條繩子嗎？」

黃色鉤粉蝶跺著腳走，可能是要拿繩子來。我跟戈爾德說：「不准在我脖子上綁繩子！」

「拜託，幫個忙吧，法蘭基。」

「絕不！」

「一次而已。又沒人知道。」

「我自己知道！」

「你看那隻塞特犬，他就有綁繩子。」

「他是狗啊！」

「我知道。」

「你知道什麼！世界上有五種動物：圈養型、群居型、馱型、繩拴型跟自由型。這之中還可以再細分，也有混合型。自由型——像我這樣——是很受敬重的，階層最高。馱型、群居型、圈養型，嗯，是中間階層。最底層就是繩拴型，因為他們自願被人類奴役。繩拴型動物——就是一句罵人的髒話！有一隻鵜曾用這個字叫過我，我直接咬下他的頭。」

「好啦，好啦。我懂了。不要繩子，那你就在外面等。」

「但我想在這裡。我是動物，我有權利在動物用品店購物！」

「你有錢嗎？」

「什麼？當然沒有。」

「沒有繩子，又沒有錢。看起來不太樂觀唷。」黃色鉤粉蝶回來了。她手裡拿著繩子，微笑看著我。戈爾德也看著我。我站在那裡，離夢想只差一步，心想：該死，法蘭基。

行行好，不要到處散播這件事，可以嗎？尷尬已經不足以形容這個情況。我像繩拴型動物在動物用品店走動，心想：希望沒有人看到我這個樣子。戈爾德覺得很好笑，還說：「法蘭基，過來！」「坐下，法蘭基！」他的幽默還真好懂。

總而言之，動物用品店擺滿了我以前從沒看過的東西。朋友啊！那裡有枕頭、床、碗、梳子、牙刷、護爪霜、毛衣、鞋子。我從沒看過動物穿毛衣，連蛞蝓都沒在穿，而他們最可能需要毛衣*。人類特地為了動物做毛衣這件事，讓我很感動。看來沒別的事好做的人類，一心就只想著動物。想

＊德語的蛞蝓（Nacktschnecke）中文直譯是「裸體的蝸牛」。

像一下。這些人類每天坐在動物用品工廠裡，帶著自己的麵包夾香腸，對著寵物用碗或狗哨沉思，然後這樣說：

人類一號：「嘿，大家安靜一下，這位同事想給你們看個東西。」

人類二號：「我有個主意，幫青蛙設計一款鞋子。畢竟青蛙常光腳在池塘裡走來走去。這鞋子是防水的。」

人類一號：「同事，好棒的點子！」

人類三號：「我無意冒犯。但青蛙的腳本身不就是防水的嗎？」

人類二號：「你確定嗎？」

人類三號：「是的，這我很確定。」

人類二號：「好吧，我的錯。但我還想了備案：海狸用的馬桶。木頭做的。可以自己組裝。」

所有人類：「哇，這超實用的，海狸一定會很感激！」然後所有人鼓掌，一直拍到手掌變紅。

幻想這個場景真的讓我好快樂。但我在動物用品店閒晃一陣子後，發現有什麼事不太對勁。這裡有很多籠子，其中一個籠子裡還坐著一隻綠鸚鵡，在木製鞦韆上。鸚鵡直瞪著前方，突然啄了一下自己的羽毛，扯下一根，猛力地前後搖晃著頭，然後重複剛才的動作：

瞪。

啄。

猛力前後搖頭。

瞪。

啄。

我問：「嘿，鸚鵡，你還好嗎？」

他什麼也沒說。

講真的，我對鳥類沒什麼好感。有些鳥唱歌很好聽，有一次我失戀，晚上躺在我的舊浴缸旁邊仰望星空，有一隻夜鶯唱起歌來，我喵喵叫到差點無法停下來。他的聲音實在太美，而我的心很痛。但大多數的鳥只會大便在你頭上。我認識一隻布穀鳥，他秋天會飛離這裡，春天再飛回來。

布穀鳥：「嗨，法蘭基，猜猜看，我從哪裡來？」

我：「我不在乎。不要大便在我頭上！」

布穀鳥：「非洲！你去過非洲嗎？」

我：「沒。」

布穀鳥：「呼呼，你是鄉巴佬，對吧？」

我：「鄉巴佬？」

布穀鳥：「鄉下來的！永遠不出門，對什麼都沒興趣。」

我：「這裡是我的地盤。」

布穀鳥：「你知道吧，我周遊列國。沒辦法，這就是我的生活風格。呼呼，這樣不是很刺激嗎？」

我：「周遊列國的王八蛋。」

布穀鳥：「啊，法蘭基。我真希望你也能見識見識我所看到的一切。非洲。大海。獅子。企鵝……」

我：「企鵝！真的嗎？」

布穀鳥：「你這個傻瓜，當然是真的。但我突然想到：你根本就不能去非洲。你沒有翅膀！噢，你好可憐。」

我：「滾吧你！」

然後他真的滾了。至少我當時是這麼想的，直到突然有一坨濕答答的東西啪地掉到我頭上。

候鳥就是這樣。別說我沒告訴你。

但這隻關在籠子裡的鸚鵡卻很不一樣，悲慘到了極點。光看那個鞦韆，你們人類以為一隻自由自在的鸚鵡整天都在幹嘛？在森林裡玩鸚鵡盪鞦韆嗎？如果你們真的很喜歡鸚鵡，為什麼要把他關起來？你們是這樣展現你們的愛嗎？

「把籠子打開。」我跟戈爾德說。

「這樣會惹麻煩喔，法蘭基。」

「打開啦！」

戈爾德用眼神四處找尋黃色鉤粉蝶，然後快速打開籠子的門。「走吧，快跑，鸚鵡！」我喊著。「飛啊！」但那隻鸚鵡待在原地，像是被釘在那裡，繼續瞪著前方，像笨蛋一樣啄著自己的羽毛，把它扯下來。這是我看過最悲傷的事了，一隻鸚鵡已經不再是鸚鵡了。

我們繼續走，看到更多新的東西——魚住的透明盒子、假老鼠（你按它的肚子還會發出假的吱吱老鼠語）——直到我們來到貓用品區。

「你想吃什麼？」戈爾德邊問，邊沿著巨大的架子翻找。

從來沒人問過我這個問題。我想吃什麼？如果你住在垃圾山上的舊浴缸底下，光是有東西吃就很高興了。我嚼過各種東西。朋友啊！我嚼過被輾過的刺蝟，他躺在大街上曬太陽，身體一半完全被輾平了，另一半認得出臉那些的。嗯，也不能這樣說。我飢餓地坐在路邊，嚼著已經風乾的刺蝟鼻子，這是唯一沒有刺的部位，心想：味道比想像中好一點，但也就那麼一點。

「有鱒魚、火雞、鹿肉、瑞士阿爾卑斯山脈出產的牛肉……」

「牛肉？」我問。

「你自己看。」

戈爾德把我舉起來，放在他的肩膀上。真的有牛肉，還有蝦、袋鼠肉、鮪魚，甚至有馴鹿肉。我根本不知道馴鹿長什麼樣子，而且所有東西都裝在閃閃發亮的盒子裡，上面印有貓的圖片。這隻看起來很無聊的貓高雅地吃著盤子裡的食物，好像自己是有毛的人類。「美味馴鹿肉搭配雞肉與可口胡蘿蔔。」戈爾德把上面的字念出來。

我當然吃過貓食，而且吃過很多次，只是我從不知道裡面是什麼。貝爾克維茨老太太總給我吃些糊糊的東西，我喜歡那些食物。但我覺得很奇怪，為什麼有牛肉？我不知道在真實世界裡，有哪隻貓會吃牛的。完全不合理！或是吃鹿肉。我也不知道有貓會坐船去釣蝦跟巨大的鮪魚，但它們卻都出現在貓食裡。難道你們人類希望貓更像人類一點嗎？戈爾德拿了包貓食（我不想吃馴鹿，因為戈爾德說，馴鹿跟瑞典人住在瑞典，那裡極度寒冷，而肉的話我喜歡吃熱的），我們往魔法門的方向走，經過一個叫作貓樹的東西，但它看起來一點也不像樹。我們還經過一些小房子，但它們也不是真的房子，而是貓砂盆。我很好奇，就走進去房子裡，坐下來，聞一聞，裡面像兔子洞又黑又窄。講真的，貓砂盆毫無意義。整個世界就是一間廁所。但我知道人類要有廁所。人類住的地方，廁所也住在一起。它們屬於彼此，密不可分。我突然想到，如果我的一間廁所可以住進戈爾德家裡，那我理當也可以住在戈爾德家。自然而然。還不只住五天，而是永遠。**自己的廁所**——這就是人類劃地盤的方式。你們懂嗎？

「我要一個廁所。」我說著說著就坐了下來。

「為什麼？」戈爾德問。

「衛生啊。」我說。

「那誰來清廁所？」

我看著戈爾德：「我不太擅長耶。」然後伸出爪子。

戈爾德沒再抗議什麼，實在很奇怪。他只是默默地點頭，好像一切都無所謂。他就拿了貓砂盆，還外加一包貓砂，然後我們又站在黃色鉤粉蝶面前。她幫我把繩子取下，最後我們穿過魔法門，很高興終於要離開了，因為動物用品店的存在不是為了動物，而是為了有動物的人類。這完全是兩回事。

就在這個瞬間，我聽到了小小的聲音。聲音快速接近，我轉身時，看到那隻綠色鸚鵡正往魔法門的方向飛過來。他其實不笨啊！他在動物用品店蜿蜒亂飛，好像他從來沒飛過，或是他拔掉太多羽毛了。

我：「鸚鵡，這邊啊！」

他：「我來了！」

我：「自由了！」

他：「我來……」

魔法門關上了，鸚鵡撞上門，猛力的。喙先撞上門，發出了很大的聲響。如果真的像戈爾德說的，所有動物都有靈魂，那鸚鵡的靈魂現在已經飛到天上了。但我沒看到。

黃色鉤粉蝶踩著腳走到魔法門前，困惑地看著躺在地上、已經沒反應的鸚鵡。

然後看看我們。

又看看鸚鵡。

她搞不清楚怎麼回事。最後，她用兩隻手指抓住鸚鵡下垂的翅膀，伸直手臂把他丟到動物用品店門口的垃圾桶裡。

戈爾德去人類用品店買一下東西，然後我們坐回車裡。我想著那隻鸚鵡，還有他悲慘的結局，這讓我感到極度沮喪。

「如果她可以吃掉鸚鵡就好了。」我說。「她把他當垃圾丟掉了。」

「人類不吃鸚鵡。」戈爾德說。

「不吃嗎？」

「不吃。」

「即便如此，鸚鵡好苦命。」

「也許鸚鵡想死啊。他的一生，怎麼說呢，也不是很順。」戈爾德說。

「你亂講。」

「他直接往門撞上去耶。」

「那是意外。誰會想死啊。」

「很多人都想死啊。至少嘗試去死。這叫自殺。」

「毫無意義，自殺這東西！」

真的就是我說的這樣。我見過各式各樣的死，而這之中沒有一個動物是真的想死。他們要麼很老，要麼生病，或兩者都有；他們可能被吃掉，被車輾過，凍死，餓死。我們對此無能為力。假如你去問一隻又冷又餓的獾：「嘿，獾。你想死嗎？你要自殺嗎？」他一定不會說：「對啊，我很樂意！」因為這完全不合理啊。

令我困惑的是，戈爾德似乎真的相信自殺這種鬼事。他講的時候很認真，而我的直覺很準。以我的直覺推斷，戈爾德談自殺的方式，帶有某種令人害怕的東西。這點真的讓我開始擔心起來。

但只有一下下。因為車子又開始前後亂晃，轟隆大響，我邊喵喵叫邊把頭趴在爪子上，有意識地吸氣和吐氣。當你必須這麼專心深呼吸時，就不會想到死亡。因為正在暈頭轉向嘛。就是這樣。

7 琳達

本來一切可以進展得很順利，我一開始這樣想過。因為我有食物，一間房子，電視機。我甚至有一張床。

想當然，戈爾德會說：「法蘭基，不准到我的床上！我的床是禁區，法蘭基！下來，法蘭基！」

我不知道禁區是什麼。依我看來，人類很喜歡規定你不該做什麼。你特別想做的事，卻不能做，真的很無聊。那張床還很大。我跟戈爾德說，一個人躺在上面太浪費了。況且，我發出呼嚕聲，裝可愛，伸展四肢，極盡諂媚之能事。晚上，我坐在緊閉的房門前，沒完沒了地喵喵叫。這樣很累，但很值得。現在我每天都睡在我的床上，戈爾德也睡在那裡，只要他能在床沿找到空間。

所以我說，本來一切可以進展得很順利。我本來可以在這間廢棄的房子裡，過著國王或總統的生活。唯一的問題就是戈爾德。

從動物用品店回來的第一天，我準時得到食物，早中晚三餐。從那之後，我的盤子常常是空著的，我必須一直跟他爭取。當我跟戈爾德說：「我好餓！」他會說：「我忘了。」或者：「晚點再吃，法蘭基。」或者：「我現在沒辦法。」

這不是很簡單的事嗎？任何白癡都能做到的事。

戈爾德自己吃得很少。有一天早上，他突然從椅子上摔下來，手裡拿著一個水瓶，裡面裝的不是水。他像死了一樣躺在地板上，正當我以為他真的死了的時候，他突然睜開眼睛說：「不要這樣盯著我看！」

若戈爾德要吃東西，他都在床上吃。吃完後，他就把半空或全空的鍋子往旁邊一放。有時我會去把剩下的東西舔乾淨。一陣子之後，鍋子就傳出味道了。事實上，戈爾德身上也有一種味道。我是一隻公貓，對氣味非常敏感。戈爾德聞起來很寂寞，還酸酸的，像嘴裡的刺蝟。我真希望他能跳進湖裡洗一下，或把自己舔乾淨。但他沒舔過自己，不去水裡洗一洗，也不剪臉上的毛。

其他我所知道人類會做的事，戈爾德都不做。例如，跟別的人類交談，講電話什麼的。他什麼都不做，也從來沒有訪客。也許戈爾德沒有朋友？他不出門上班，不讀書，不聽音樂，不用長水管洗車，不在花園挖土，不笑。天氣好時，戈爾德不會曬太陽。正好相反，他拉上了所有的窗簾，穿著一件看起來極度可悲的大衣（他說這叫浴袍），在屋裡呆滯地晃來晃去。這樣實在很像跟一個死人住在一起，只是戈爾德還沒死，但也不算活著，就像殭屍一樣。他實在不是理想的室友，大家都會同意我的觀點吧。

戈爾德唯一喜歡做的事情，就是在晚上看電視裡面的胖子們丟箭到圓盤子上。

某天，他突然做了另一件事：走出房門。

「你要去哪？」我驚訝地問。

「拜訪某人。」他說。

我當然想知道這個某人是誰。很合理吧。

大街左邊是垃圾山。戈爾德走右邊，我像狗一樣在後面跟著。

說到這裡，我應該要描述一下戈爾德的穿著：他戴著一頂舊帽子，穿著極短的褲子，很有可能是內褲，外面罩著浴袍，腳上穿著靴子，他說這是橡膠靴。他手裡拿著裡面不裝水的水瓶。即使這樣，大街上遇到的兩個人都只是很有禮貌地說：「你好，戈爾德先生！」彷彿全村的人都像這位白癡穿成這樣到處跑。

由於戈爾德是走大街的右邊，所以我知道他要去哪裡。我們很快就來到一片用柵欄圍起來的草坪，上面有許多美麗的石頭，有大有小，也有中等大小的。

戈爾德坐在一顆小石頭前面，這顆小石頭立在兩棵白樺樹下。而我坐在石頭旁邊。

「她就在這。」過了好一陣子，戈爾德說。「死了，埋在這。今天是琳達的生日。」

「咦。」我說。「你太太在這個石頭下面？她在泥土裡嗎？」戈爾德點點頭。

「一定又冷又黑。你太太很老嗎？」

「不，她不老。」戈爾德說。

「那她怎麼死了？」

「車禍。琳達早上開車去購物，晚上她就躺在停屍間了。就這樣。」

「我很遺憾。」

「大家都這樣跟我說：我很遺憾。」

「不然要說什麼？」

「為什麼不說：她是什麼樣的人？你想她嗎？你現在打算怎麼辦？喔，對了，琳達，這位是法蘭基。」

戈爾德突然對著石頭說話。

「哈囉，琳達。」我舉起爪子說道。

「法蘭基是一隻公貓，他會說話。或是我瘋了，喝醉了。兩者都有可能。」

戈爾德繼續跟石頭聊天。有時，他會用手輕輕地摸一下石頭，好像那不是石頭。

「琳達，法蘭基現在會躺在我們的床上。我當然阻止過他。我知道妳不喜歡貓，但這不是我的錯。妳只是就這樣……走了。在他媽的天堂大笑，因為我跟一隻公貓一起躺在床上。法蘭基很溫暖，還會發出咕嚕聲。糟糕的是他會放屁。我的老天，妳絕不相信他是怎麼放屁的！我猜妳現在應該在笑，琳達。我很想念妳的笑聲。我想念所有的一切。妳知道我有時會做什麼嗎？我追著女人跑。我偶爾會在街上、火車上、超市裡或任何地方碰到女人。她們身上噴著妳的香水，這簡直要把我逼瘋。我就是不相信妳已經死了。我知道，但我就是不相信。妳的香味飄散四處，是在開我玩笑吧？他媽的，琳達！」

戈爾德開始哭，哭出聲音來。動物可發不出這樣的聲音，而我真的寧可他不要哭。我用鼻子輕推他，舔了舔他的手。但沒什麼用。

「琳達，我沒帶生日禮物來給妳。我很生氣。為什麼妳……當時不多等三十秒？為什麼妳不多等三十秒再上那台該死的車。他媽的，琳達！我親愛的。就三十秒！」

一名男子走向戈爾德，說：「您能不能小聲一點？這裡是墓園。」

戈爾德抬起頭，用一隻手指往那名男子的方向比劃，說：「閉嘴！」

我們就這樣在石頭前面靜靜坐了非常久。戈爾德一度站起來，走到其他石頭那邊，環顧四周，然後把別的石頭的花拿過來給琳達。

「耶，聽一下，戈爾德。」我在某個時間點突然開口。「你知道嗎？有一天，一隻鰻魚去豺狼那，說：嘿，豺狼……」

「什麼鬼啊，法蘭基？」

「耶，我正在講笑話給你聽。讓氣氛快樂一點。」

「時機不對，法蘭基。你講的時機太爛了。」

原來，人類把死亡看得很重。而且幾乎把死亡看作是針對個人而來的。但死亡只是生命的終結，有頭有尾，像香腸一樣。沒頭沒尾，香腸就不是香腸了，生命也就不是生命了。你們懂嗎？

我們動物死的時候，就只是在某個地方睡著而已。我們躺在泥土上，蛆穿過我們的頭顱。有時候，狐狸會過來念個悼詞。

人類卻為死者建立一個完整睡覺的空間，真令人印象深刻。還會在石頭上面寫一堆字，或來探望死者，跟死者說故事之類的。邏輯上來看，死者根本無所謂。但這無關乎死者，而是生者，對吧？

我還想跟你們說一件事，我以前從沒有跟石頭說過話，也沒跟像琳達這樣的死人說過話。肥海茲他家門的正上方掛著一對雄鹿角。當他還是一頭完整的鹿時，會在森林裡吼叫，或做些鹿該做的事，那時我還不認識他。但我現在路過，都會跟他小聊一下，讓他掛在家裡不會感到太寂寞。

我：「嘿，鹿，如何啊？」

他：沉默。

我：「你看起來不錯喔。又要到發情期了。準備好了嗎？」

他：沉默。

只是單方面的對話，但我相信他很高興，即使他沒辦法表現出來。講真的，我以後不想像那樣被掛在家裡。太無聊了。我也不想像人類對待死者那樣，被迫躺在這個睡覺的空間，頭上還頂著一塊沉重的石頭，關在深埋於泥土的盒子裡。就是這樣。

「琳達的石頭上寫了什麼字？」回家的路上，我問戈爾德。我在那些睡覺的空間發現，所有石頭上面都寫了一堆字，只有琳達的幾乎空白。

8 生命的意義

隔天早上我醒來時，只有自己躺在床上。我環繞四周，聽著周圍的聲音。花園有台機器轟轟作響，然後突然安靜。我聽到戈爾德的咒罵聲，之後機器繼續轟轟響。就這樣一再重複：轟轟響，安靜，咒罵聲。

我先是繼續躺著。因為躺在床上，你就不會想去其他別的地方。床好像有股超能力，把你固定在那。你拿它沒辦法，因為那是超能力。

直到某一刻，我拖著腳走下樓梯，進到廚房，因為我想知道，這個轟轟響——安靜——咒罵聲是怎麼回事。我一聞就知道，新的廁所屋現在不太乾淨。我不怎麼喜歡這個廁所，但我喜歡看戈爾德清廁所。那真的很精彩。他四肢跪地趴在臭氣熏天的小房子前，用篩子把便便撈出來，好像我的便便是天大的寶藏。

我走到花園裡，伸了個懶腰。戈爾德坐在陽光下，敲打著已經沒再發出聲音的機器，滿頭大汗。那是一台吃草機。看得出來，它已經吃過草了。現在，它不是很累就是很飽，總之它沒說什麼，而戈爾德咒罵著。

「快動，你這爛貨！」他喊著。「動啊，爛貨！」——「王八混帳爛貨！」

不斷重複。

我覺得戈爾德的髒話沒什麼新意。我的意思是，罵了三次爛貨？太遜了。動物的髒話可就完全不是這麼一回事，那裡可是有著真正的咒罵傳統。例如，熊就很擅長罵髒話，跟綿羊一樣強。他們開始咒罵時，其他人最好摀住耳朵。但史上最強的髒話大王是——喜鵲。

喜鵲總是心情惡劣，而且會辱罵所有人事物。對他們來說，那已經是一種運動。我有時候會夢遊般地在村裡漫步，蹓躂蹓躂，然後眼前碰巧有兩隻喜鵲坐在樹上。好喔，就給我遇到了。他們火力全開，其中一隻喊：「代我向你媽問好啊，我下次看到她，就把她的眼睛啄出來！」然後他們會陰沉地大笑。

我剛開始都罵回去。但不該那樣，因為會刺激到喜鵲。他們總是喜歡講別人的母親，以及如何處置她們。「嘿，公貓，你醜到我得把泄殖腔的東西全倒進你媽喉嚨裡！」聽到這裡，我很清楚，這是大家所能想像得到最糟糕的髒話。我整個氣瘋。你們若遇到喜鵲，而他們對你們發出某種叫聲，你該慶幸自己什麼都聽不懂。

我本來不想告訴你們這些的，擔心你們會對我們動物留下不好的印象，還以為我們整天都滿嘴髒話，臉也不洗。我本來要說什麼呢？

啊，對啦！我舒服地躺在陽光下。打了哈欠，伸了懶腰，風從湖面上吹來然後靜止。風的味道聞起來甜甜的，像水像蘆葦像魚像泥土也像家。天上雲朵飄過。我聽到蚱蜢跳躍，聽到蟋蟀唧唧叫。那真的是能想像得到最美的夏日。至少對我來說。

「這樣有什麼樂趣嗎？」我問戈爾德，他繼續敲打那台吃草機器。

「樂趣？沒什麼樂趣啊。」

「那你為什麼要這麼做。」

「草坪該修剪了。除草機不動，沒辦法修剪草坪。」

「草坪為什麼一定要修剪？」

「你看，草已經長到腰這邊了。」

「我覺得這樣很好啊，可以躲在草裡面。」

「我不覺得。」

「你很久沒來這裡了，草怎樣你根本無所謂吧。但你突然又在乎起這件事，非得要修剪一番，像瘋子一樣推這著台機器來來回回，然後你還不覺得這件事有趣。我真的看不懂。」

「少來煩，法蘭基！」

「我只是說個幾句。」

「人本來偶爾就得做些不有趣的事，這就是生活。」

「我的生活可不是這樣。」

「你只做有趣的事嗎？」

「不一定。有時我也做想做的事。」

「這兩件事有差嗎？」

「當然有差。我想在這裡曬太陽，但這有趣嗎？」

「哇。法蘭基，這很有哲理呢。」

「我也覺得，這是我的強項。什麼是哲理？」

戈爾德不再敲打那台機器，而是看著我。

「哲學是一門科學，用來探究人類跟世界的存在意義，生命的意義之類的。」

「生命有意義？」

「嗯，人類長期以來都在思考這個問題，問生命是否有意義，而具體來說那又是什麼？每個人都在尋找自己生命的意義。」

「我沒有啊。」

「你是一隻公貓。你靠本能活著。我們人類……比較進步。」

「你的生命有意義嗎？」

「親愛的，這就是我的問題所在。我失去了生命的意義。」

「在哪裡？」

「什麼？」

「你在哪裡失去生命的意義？」

「我哪知道在哪！這只是一種說法。問題不是我在哪失去生命的意義，而是我什麼時候失去的，又是怎麼失去的。最後的問題應該是，人要如何找回生命的意義？」

「現在我更不懂了。」

「對不起。」

「我覺得這不適合我。」

「什麼不適合你，法蘭基？」

「生命的意義啊。首先你得找到生命的意義，還要小心不要失去它。然後你失去了，像你現在這樣，接著還得一直想，它去了哪裡。這純粹是我的意見，生命的意義不是只會帶來麻煩嗎？最後你根本沒時間去做其他的事情。」

「其他什麼事？」

「玩啊，偷聽啊，聞東西啊。我喜歡在大街的柏油路很暖和的時候偷聽，我也喜歡聽蜜蜂把鼻子湊近花的聲音。然後我就曬太陽、看天空。像現在這樣。」

「這叫無所事事，什麼事也不做。」

「怎麼會呢。」

「聽起來就是這樣。」

「無所事事也是件事，只是做的事很少。而且我正在思考。」

「喔，你在思考什麼？」

「我正在思考我在思考什麼。」

「聽你在亂說！」

「我覺得，你們人類需要太多東西了，除草機、馬桶、生命的意義什麼的一堆。最後你們還坐在草地上，邊咒罵邊敲打機器。」

「少煩，法蘭基！」

「我只是說個幾句。」

我們沉默了好一陣子。直到戈爾德說：「我就是得做點什麼。割草什麼的都可以。只要可以轉移注意力，不然我會瘋掉，我會受不了。」

「了解。」

「很好。」

「如果你非得做些事來讓自己舒服一點，你可以清我的廁所。」

「你不要太超過。」

「我只是想幫忙。你想要的話，也可以抓抓我，摸肚子或下巴這裡。」

我翻了身，仰面躺著，伸展著肚子跟雪白的下巴。我毫無防備地躺著，如果這時有隻飢餓的老鷹從天上飛來的話——就永別了。但我現在真想來點按摩。想做什麼的時候，就得去做。最好立刻。

「樂趣也是生命的意義嗎？」我問戈爾德，他此刻還真的開始摸摸我。他動作很小心，但做得還不錯。只要再多加練習，他就可以變成一流的摸摸人。

「這樣你會變成享樂主義者。這類人的生命意義就在滿足欲望，追求快樂。」

「這很適合我啊！但我以為我是不可知論者？」

「這不衝突，你可以兩種都是。」

「真的？」

那這樣就很清楚了，下次有人問我是誰，我就可以說：「我的名字叫法蘭基！公貓，是不可知論者也是享樂主義者。」

戈爾德的撫摸讓我昏昏欲睡，我默默地感謝最高領袖，或是任何想出這個主意的聰明人：我們貓有毛，而人類有手。在摸摸這件事上，兩者可以完美結合。最高領袖，這真是絕妙的點子！

過了一會，戈爾德躺在草地上，就在我旁邊，看著天空。我們現在幾乎是兩隻公貓了。一隻比較小，比較想睡；另一隻比較大，也比較悲傷。

「我們在瘋人院*每天都要做放鬆練習。」戈爾德說。「還有冥想等等的鬼事。我們會像現在這樣仰躺著，現場會播放輕鬆的音樂。我痛恨那些。」

「瘋人院？瘋人院是什麼？」

「就是專為……有問題的人類準備的地方。」

「噢，了解。」

＊指給精神病患住的療養院，原文使用較口語但政治不正確的說法。

我是真的了解。人類有問題這點，可說是非常明顯。像是明明有四隻爪子，卻用兩隻走路。這就是問題所在。

「你們在瘋人院練習放鬆？」

「嗯，什麼也不做，什麼也不想。我們練習這個。」

聽到這裡，我就知道戈爾德在說謊，或開玩笑。人類造了電視、大房子，還完成了其他偉大壯舉，他們戴眼鏡，穿褲子，坐飛機到處去，他們知道什麼是享樂主義，還有其他人都不知道的複雜玩意。卻笨到無法什麼也不做？

胡說八道。

但我什麼也沒說，因為不想看起來像是一個不懂笑話的白癡。

也因為我聽到了什麼。現在要發生的事，比到目前為止所發生的一切都還重要（當然啦，那些也很重要）。有什麼正從大街跑來，非常接近草長得很高的柵欄。我幾乎聽不見對方發出的窸窣聲，而我的耳朵甚至可以聽到鼴鼠在地底下梳毛或小聲放屁。

我小心地走向柵欄。

偷聽。

偷看。

偷聽。

我正要繼續偷看，就看到一隻你們能想像得到最美麗的母貓，而那就是所有痛苦的開始。其實，痛苦在那之前就開始了。

肥海茲家附近，在大街轉彎處的湖邊有一棟暗紅色的房子，那就是她住的地方。不久前，差不多是春天剛來的時候，她突然坐在窗前，全身黑，我是指毛的部分。她的爪子是白色的，背上還有一個小斑點，也是白的，像一滴牛奶。

無論如何，那是我第一次見到她。之後又見過好幾次。我常在晚上偷偷摸摸走來走去，蹲在老椴樹的樹幹上，或躲在繡球花下。如果她坐在窗邊，我的心裡就覺得溫暖，若窗邊是空的，那就只剩純粹的痛苦。我還可以跟你們多描述一些：她的尾巴彎曲得多美妙，她的耳朵慵懶地抽動時有多可愛等等。悲傷的現實是，我現在要說重點了：我根本就不認識她。我對她真的完全一無所知，一點資訊都沒有，甚至不知道她叫什麼名字。

所以我自己幫她取了名字。這樣我們就可以親近一點。而且，如果我在白日夢裡跟她聊天時，就可以叫她的名字。

她一開始叫作：我的第一名。

然後是：我永遠的第一名。

然後是：我的唯一，或我的一切。

然後是：窗戶黑女王，最高領袖的恩典。

然後是：凱蒂．扭扭尾巴。

但聽起來都很蠢又很尬。拜託，凱蒂．扭扭尾巴？我一直在想她那絕無僅有又極度美妙的名字到底叫什麼。最後，我想到了一個。在夢裡，她常跟我聊天。

她說：「嘿，法蘭基！我聽過很多關於你的事。」

我說：「我希望都是好事。」

她說：「噢，當然，法蘭基，都是很好的事。你在這裡可是英雄。」

我說（極度謙虛樣）：「英雄啊。我就是我啦。想不想一起散步到湖邊？」

她說：「你終於問我了。」

我說：「……」

她說：「耶，法蘭基？」

我說：「……」

完全空白，完全大腦斷片。我激動到連在自己的夢裡都說不出話！

這樣大家應該都很明白，當我看見她像影子般走過大街時，照樣一句話都說不出來，即使我真的很想跟她聊天。

我跳上老舊的石頭欄杆柱，看著她遠去看了好久，跟戈爾德一起看，他就站在我旁邊，問：「那是誰？你女友嗎，法蘭基？」我深吸一口氣，心臟瘋狂跳動。最後我跟戈爾德說出了我從沒跟別人說過的話：「那是……喵粘鞋卡．呼嚕琳坷。」

信不信由你，但我真的從沒想過，她可以變成我的女朋友。我是指，不在夢裡，而是在真實世界中。因為喵粘鞋卡．呼嚕琳坷簡直不屬於這個世界，也不屬於其他任何地方。而我只是一隻垃圾山上的公貓。

9 世界上最糟糕的感覺

烏雲從某處飄來，雨從雲裡落下，大雨滴在我的頭上。我們衝回屋裡，我問戈爾德要不要看電影。講動物、冒險，跟感覺無關的那種。大家老掛在嘴上：愛情，愛情，愛情！世界上最美的感覺。但我覺得那是世界上最糟糕的感覺。尤其當你獨自面對愛情時，會覺得自己像是天底下最膽小的傢伙。

電視裡播的都跟動物無關，而是播些人類煮飯，或是坐在椅子上努力思考：「茅利塔尼亞的首都叫什麼？第一個上太空的人是誰？世界第四高峰叫作？」

「這就是益智節目。」戈爾德說。

「啊哈，益智節目。」我說。

我當然知道益智節目是什麼。貝爾克維茨老太太以前可以看益智節目看到海枯石爛。我只是不明白：為什麼人類會對這種事有興趣？我是指像世界第四高峰。然後呢？一定還有第五高峰、第六高峰，但差在哪？山根本不在乎自己有多高，其他動物也都不在乎，只有人類會像瘋子一樣計算一切。山脈、河流、啦啦啦。多高，多長，多胖！

益智節目當然不會問：人類是否因此才需要這麼大的頭腦，就為了收集第四高峰跟其他沒用的知識。簡直就是脖子上放著一堆便便。

「老天，你真的該重新訂第四台。」我對戈爾德說。

我們看了一下益智節目——太陽系中第二個行星的名字是？什麼是矛盾修辭法？——然後戈爾德站起來，我聽見樓上哐啷砰隆的聲音。他帶著一台滿是灰塵的機器回來，說：「我的老錄放影機。而這個，」——他舉起一個黑色的東西——「有動物的錄影帶。我能找到的就這些。」

戈爾德吹走機器上的灰塵，站在那裡，表情很奇怪，看那個黑色的東西看超久。「琳達……好吧……嗯……她非常喜歡這部片。媽的，你知道《小姐與流氓》嗎？」

我沒聽過。但戈爾德說這部「超級經典」，所以我在這裡就不花太多篇幅解釋了，只說「是關於兩隻狗相愛的故事」。而這幾乎是我現在最不想看到的東西。當然，我過了好一陣子才發現這點，便把頭靠在爪子上，躺在沙發上嘆氣。我一直想到喵粘鞋卡．呼嚕琳坷，想著我們如何靠在對方身旁，互相把彼此舔乾淨，輕推對方的鼻子。電影裡，當然啊——就是這樣。在電影裡，一切都很簡單，每個人都很有勇氣，然後流氓就得到小姐了。雖然流氓的名字聽起來超蠢，我還是很希望自己像他一樣。我也比較想活在這樣的電影裡，我是指真的在裡面生活。英雄法蘭基。電影結尾會有小提琴演奏，每天都是快樂大結局，鰻魚一般乾脆。

但我猜，生活在電影裡這種事不可能發生，不然早就有人去做了。

「你就去找喵粘鞋卡．呼嚕琳坷聊聊啊。」戈爾德說。

「了解。跟喵粘鞋卡．呼嚕琳坷。簡單聊聊。」

「說真的，你一定要做點什麼。你如果什麼都不做，事情只會更糟。」

「不不。」

「我不介意一起過去，然後你跟她聊聊。」

「不要！」

帶戈爾德跟他那身可悲到極點的浴袍出現在喵粘鞋卡．呼嚕琳坷家門前，我看是不用想了。

「怎麼啦，法蘭基？」他問。「我以為公貓面對愛情不會這樣扭扭捏捏的。」

「扭扭捏捏？」

「嗯，想要什麼就去爭取。跑過去，然後到手。貓不是都這樣嗎？整個動物王國不都這樣？」

「有格調就不是這樣。」

「你有格調？」

「沒錯。還有，很多動物都不是你想的那樣。你認識河狸嗎？他們跟伴侶一生都在一起，天鵝也是。非常忠誠，就算他們是很自以為是的類型。或鳳冠企鵝，他們總在彼此身旁搖搖晃晃地走著，或一起站在冰洞前，就算厚實的喙都結冰了，還是清楚知道：啊！這就是愛情。還有鸛，有一隻鸛長住非洲，因為他在那有事要做，生意方面的。但每年春天，他會飛回自己的鳥巢裡，到母鸛身邊。還有樓燕，他們甚至直接在空中做愛，俯衝直下的時候！這可是會撞斷脖子的大事。但樓燕就是這樣，他們很瘋。」

「你怎麼知道那麼多？」戈爾德問。

「電視啊。國家地理頻道。」

「好。那經過喵粘鞋卡那邊，帶束花，這有格調吧，然後……」

「為什麼是花？」

「女性都愛花啊。」

「是喔，人類女性也許吧。但是母貓要花做什麼？吃嗎？還是放到貓花瓶裡？」

「好，我的錯。不送花。但你們總有什麼經典的求愛交配儀式吧？」

「我們會折斷小老鼠的脖子，然後放在母貓的門前作為禮物。這很經典。我們也可以改折斷鳥的脖子，或折斷大老鼠的脖子……」

「了解，折斷脖子。非常浪漫。」

「比花好多了。」

「那就去啊，把小老鼠的脖子折斷。」

「辦不到。」

「你心疼老鼠嗎？心腸真好，法蘭基。」

「因為大家都做一樣的事！每隻公貓都可以走到她家那邊。你知道，喵粘鞋卡家門前會變成什麼樣子？那裡就會有成堆的老鼠，旁邊還有一堆鳥。然後我過去，再放一隻老鼠在那堆老鼠上面嗎？」

「了解。你需要的是製造天大的驚喜。」

「就是這個意思。不過，驚喜是什麼？還有我其實很害怕，一生還沒這麼害怕過。」

我們在那裡坐了一下，沒人說話，也沒人想到什麼驚喜。戈爾德把電視聲音調大。流氓說：哈囉，美女！小姐眼睛一眨，幾乎被愛情沖昏頭。該死的流氓，真的走狗屎運。

「我必須上電視。」我說。

「什麼？」

戈爾德又把電視聲音關掉。

「我是認真的。如果可以出名，像電影明星那樣，那一切就會簡單許多。這樣你只要——嗯不知道——說三次兔子糞便，所有人就愛上你了。」

「我不確定，法蘭基。」

「你看看流氓。」

「這是動畫。流氓不存在真實的世界。」

「流氓不存在，這很清楚啦。但拿穿長筒靴的貓來說……」

「那也是動畫，而且是童話故事。」

「長筒靴的貓也不存在啊？」

「不存在。」

「確定？」

「完全確定。」

「那飛寶呢？萊西？飛利？他們全都不存在嗎？」

「存在。那些是真的動物。或曾經是，但不知道他們是不是還活著。」

「你看吧！你現在想像一下，飛寶在他的海灣那邊游泳，想像一下他住的地方。大家都是看電視認識他的。那些女海豚，雌海豚*，瘋狂地追著他游來游去，想要碰他的鰭，為愛發出驚人的叫聲。跟你保證一定是這樣。」

＊法蘭基不知道母海豚怎麼說，因此自創詞。

「出名沒那麼簡單，變成電影明星也很難。這需要好幾年，非常困難。」

「愛也很難啊。」

「你可能得去好萊塢。」

「好萊塢在哪？」

「美國。」

「聽不懂。在動物用品店附近？」

「比那再遠一點。你得坐飛機，或坐船才到得了。」

「確定？你可能說的是另一個好萊塢，而我的好萊塢就在轉角處，動物用品店那裡。」

「法蘭基，你很煩耶！就只有一個好萊塢，在美國。」

「好啦。依我看，好萊塢是目前最好的計畫。你想像一下，我走過村莊，看起來很隨意。然後所有人，包括喵粘鞋卡．呼嚕琳坷，像這樣：『看啊，法蘭基走過來了！我們的電影明星！從好萊塢回來了！』」

戈爾德看著我，但眼神很不美麗。

「我們的電影明星？拜託，你自己看看，你只是一隻超普通的鄉下公貓。就像我只是一個喝醉的憂鬱症患者。來點現實主義吧，法蘭基。你就是不敢跟村裡的母貓說話，卻在想：好，我可以立刻變成電影明星，然後這樣一切都會成功。你有這麼笨嗎，還是你是裝的？」

然後他沒再說什麼，把電視轉大聲，而我看著電視也沒說什麼，只覺得自己被冒犯了。天啊，戈爾德從沒這樣跟我說話過！況且，我一點也不喜歡現實主義的東西。我是說，生活與愛情都很困難。你帶著一個好的計畫跟一點點的希望，然後人類帶著他的現實主義來到轉角，最後把一切都搞砸。我相信，世界若沒有現實主義，會更美好一點。

就是這樣。

「現在是？」過了很久以後，我問。

「我幫不了你。」戈爾德說。

「但你有過太太。你是怎麼做到的？你一定有些招數。」

「愛情裡沒有招數。」戈爾德說。

真是失望。戈爾德常常發揮不了什麼作用。人類至少該有個超級厲害的愛情招數，對吧？

可惜我就是在認識別人方面不太擅長。不只是愛情，對所有人都如此。所以，我有時候希望自己是熊蜂。沒有什麼可以阻止熊蜂，雖然嗡嗡聲很難懂，但他們就是能對每個人都滔滔不絕。熊蜂語是一種完全由嗡嗡聲構成的語言，超級難聽懂，但熊蜂無所謂。他們用嗡嗡聲灌爆別人的耳朵，自己還覺得嗡嗡的內容很刺激、很有趣。他們甚至沒比倉鼠的鼻子大多少，自信心卻強得跟大象一樣。熊蜂就是這樣。

「我寫信給琳達。」戈爾德突然說。

「啥？不懂。」

「那就聽清楚一點。我跟你一樣，剛開始沒辦法跟她攀談。琳達對當時的我來說……遙不可及。所以我就寫信給她，還附上兩首小詩。」

「那她覺得寫得好嗎，那些詩？」

「不覺得。」

「我有猜到。」

「琳達說，她從來沒讀過這麼浮誇的東西。」

「哇，好丟臉。」

「就是啊。愛就是那麼丟臉。想的事、說的話、做的事全都很丟臉。」

「然後呢？」

「幾天後，琳達回信說，她想認識有膽寫下如此浮誇東西的男人。純粹出於好奇。」

「她這樣寫喔？你送她那個奇怪的浮誇玩意，然後她說：好，我們見面？」

「對啊。我很幸運。」

「我還是沒搞懂。」

「愛情最初都會要你冒點險。不管用什麼方法，無論做什麼事情，你必須與眾不同，法蘭基。」

「你怎麼與眾不同？寫丟臉的詩之類的嗎？」

「如果你是人類，我會說：對，試著寫首詩。」

「真搞笑。」我舉高爪子說道。

但這基本上並不好笑。我其實真的知道一首詩，甚至是我自己寫的。不需要爪子，也不需要紙，只在腦海裡。現在，趁還沒人喊說：「現實主義，法蘭基！」我想跟你們聊聊，為什麼這首詩是現實主義式的。

我還住在貝爾克維茨老太太那裡時，收音機總是開著，連晚上老太太熟睡，而我凝視著黑夜時也是這樣。收音機常傳來音樂，但大部分都是人類在聊天，講些無聊到爆的東西。但有時候也沒那麼無聊，偶爾會有人朗誦書，有時就有這樣的詩。但我不太明白其中的內容，因為有很多奇怪的字。疾馳，疾馳。魔法生息。吻親愛的你。神之聲響*。諸如此類。但詩裡面的奇怪詞彙也都很美，像音樂，文字的音樂。有這種東西嗎？

總而言之，我聽過詩。我剛愛上喵粘鞋卡．呼嚕琳坷那時，晚上獨自坐

＊這裡引用了歌德的不同詩中出現的幾個字。

在垃圾山的浴缸底下，覺得心痛不已，那時就想到要寫詩送她。疾馳，疾馳。只有月亮注視著。魔法生息。

我發誓，真的是這樣。

「戈爾德，聽著。」我說著就坐起身來。

「什麼？」

「我真的寫過一首詩。關於愛情的。」

「你？」

「對啊。我，一隻鄉下公貓。我沒跟任何人提過這件事。」

「該死，法蘭基。你還有什麼沒說的？你其實寫過一本書？大劇作？」

「沒有啦。就一首詩。詩是什麼，你知道的吧？」

「我知道啊。但你……啊，算了。快講。」

「現在不准笑！如果你笑……」

「我不會笑你。我保證。」

「也不可以做鬼臉什麼的。」

「了解。一號表情。」

「這是我第一首詩。總之，嗯……好。」

我深吸一口氣，閉上眼睛。

獻給喵呼*

我愛你

每一回

這份渴望來襲

*喵粘鞋卡．呼嚕琳坷的縮寫。

一隻肥鰻
美味更勝瘦鰻
而埃曼塔起司才是我的最愛

我愛你

我能怎麼辦？
雞湯冰箱裡凍成塊
刺蝟貼上柏油
想法湧上心頭
我已老朽

我愛你

你也愛我嗎？
我肚子上的毛團
長得蓬鬆
你如此美好嬌柔
我感覺自己醜陋

戈爾德抓抓脖子，然後看著我，搖搖頭。有時候，他看起來好像要講什麼，但卻又只是抓著脖子，好像他是一隻大猴子。這讓我超級緊張。

「嗯嗯。」他終於開口。「你還會押韻耶。那你還等什麼？」

「什麼意思？」

「你要知道，法蘭基。愛情方面我懂得不多。但如果你戀愛了，卻什麼也不做，你會後悔的。所以，現在動動你毛茸茸的屁股，去找她吧。」

「不要！你認真的嗎？」

「該死耶，對啦！如果她不喜歡你的詩，就是她沒心沒肝。」

「這是一首好詩吧？我算是一個詩人？」

「當然，法蘭基，你就是。」

我想，戈爾德是真的這樣想。至少我希望他是這樣想的。因為我從沒看過有人拿著一首詩就上，然後——砰——征服一顆芳心。完全無法想像。但我既然沒想到別種驚喜，就沒得選了。

10 你要堅果嗎？

我需要如永恆那麼長的時間。我蜿蜒地走來走去，這邊嗅那邊聞，中間好幾次幾乎失去勇氣想要回頭。當我終於站在那棟深紅色的房子前時，窗戶邊卻什麼也沒有。我鬆了一口氣，但只有一下下。然後，一股巨大的渴望湧上我的心頭，我突然感到不知所措。這正常嗎？如果一直有這種特別的感覺，那就是愛嗎？

我蹲在老椴樹的樹幹上，心裡越來越難過。因為沉浸在陰鬱的想法中，我沒注意是誰在我頭上的樹梢那邊窸窣作響，快如閃電，順著老椴樹的樹幹向下，往我這邊衝來。當這個誰大喊出：「嘿！法蘭基！是我啦！」的時候，我身體猛地一縮。

我面前倒掛著一張棕色的小臉，還有兩隻大耳朵。

「靠，肌肉發達的松鼠，你要把我嚇死喔！」

他從樹上跳下來，興奮大叫：「法蘭基，老兄！」

我回答：「肌肉發達的松鼠，老兄！」

然後他說：「天啊，好高興看到你！」

我再說：「對啊，天啊！好讚！」

他用額頭輕碰我的額頭，尾巴交錯；然後又是輕碰額頭，再輕碰鼻子。接著從頭再一次。

嗯，就這樣過了一陣子。我是真的很高興看到肌肉發達的松鼠。你們要知道，我沒什麼朋友，就兩個，其中一個就是肌肉發達的松鼠。

我知道，你們人類喜歡有很多朋友。我在電影裡看過，大型慶祝會上，人類會邀請一堆人來，那些人看起來都像是朋友。但我不相信。我覺得那些人來慶祝會只是為了吃東西。真正的朋友很罕見，有時候，我們甚至沒有真正的朋友，在世上形單影隻，而我很害怕會這樣。只能整天自說自話，舔自己的毛跟屁屁，不然你什麼都沒有，只剩下舔屁屁跟孤寂。所以我很幸運有兩個朋友，就算我有時候會想，有三個朋友更好，以免其中一個死了。

我曾經跟綿羊當過一段時間的朋友。阿提拉，匈奴王。無論如何，剛開始是我想跟他做朋友的，但跟群居動物當朋友真的超難。

我站在柳樹旁說：「嘿，阿提拉，老匈奴王。你好嗎？一切都好？」

阿提拉直瞪著說：「要我問羊群嗎？」

或當我說：「嘿，阿提拉，你要大便的時候，是不是一定要先……」

阿提拉：「我得先問羊群。」

這就是為什麼友誼無法長存。就算偶爾我也希望有一群羊願意擔心我、想著我。因為自己思考，自己做決定，有時候讓我好累。

「法蘭基，老朋友，你在這做什麼？」肌肉發達的松鼠一邊問，一邊坐到我旁邊的老椴樹蔭下。

「我？沒什麼。就思考一下。」

「你要堅果嗎？可以幫助你思考。」

「不用，謝謝。」

「我覺得一顆堅果你應該消受得了。你在思考什麼？」

「一些事情。」

「母貓咪嗎？」

「才不是！為什麼你會講到母貓咪？」

我不想談喵粘鞋卡．呼嚕琳坷的事。那是秘密。而且沒什麼比得了相思病的公貓更蠢的。

「你看起來很沮喪。」

「我看起來很正常。」

「如果你問我的話，你看起來像是喜鵲大便在你頭上。」

「但我沒有要問你。」

「老兄，你心情不好耶。要不要來顆堅果？你這段時間去哪了？教授跟我都很擔心。」

我沒想到這點，自從上次跟朋友見面後，發生了好多事。而且他們完全不知道我看到戈爾德在玩那條毛線後，我的新生活是什麼樣子。

「對不起。」我說。「但我很快就會把所有事情都告訴你，你聽了一定會很驚訝。你可以跟教授說一聲嗎？」

「好啊，法蘭基。」肌肉發達的松鼠說著，便用驚人的速度爬上老椴樹，然後穿過其他樹梢。我稍稍瞥了一下暗紅色房子窗戶空下來的地方，結果肌肉發達的松鼠竟然已經回來了，他沿著樹幹往下衝過去，邊說：

「快來。」

他甚至沒喘氣。

這也是為什麼他叫作肌肉發達的松鼠。以防你們如果想問，他沒有其他名字。村裡一直有謠言說肌肉發達的松鼠其實叫作烏韋還是伯恩德*之類的蠢名字，但那些都只是謠言。肌肉發達的松鼠透過在樹上爬上爬下瘋狂訓練體能，他對自己的肌肉感到很自豪。「我希望大家只注意我的身體就好，法蘭基。」

嗯，這就是他名字的由來。

我們看到教授走過來。他一跛一跛地從大街上走來的樣子，就可以讓你遠遠認出他。他年紀非常大，腿極短，像小香腸，因為他是一隻臘腸狗，而且最高領袖（或之類的）決定，賜予所有臘腸狗香腸小短腿。原因我不清楚。我想，最高領袖也許自己也不清楚。因為動物的腿實在太多種——長頸鹿、啄木鳥、熊蜂、駱駝、烏龜、鼬、蝙蝠等等——我很難想像，最高領袖在創造動物時，能夠區分每一種動物，還要公平地分配他們長什麼樣的腿。

教授的腿不僅非常短，還少了一隻。他沒有左前腿。是一隻超級年長，只有三條腿的臘腸狗。你們現在應該可以想像，他是如何從大街一路走過來，顯然不是用火箭飛行的速度。

有件事我也不想隱瞞：臘腸狗是狗，也就是繩拴型動物，而你們知道我對繩拴型動物的看法。我是隻有鐵律原則的公貓，但有時候也得彈性點，不然設定原則就沒意思了，生活也會因為原則而變得非常複雜。

＊兩個名字都很有年代感，是祖父母那個輩份使用的男子名。

另外，我從沒看過教授拴繩子。他跟亞當先生住一起，亞當先生也已經相當年老，而且走路時身體非常彎。當他們兩個一起在村莊散步時，很像蝸牛賽跑。這也是為什麼拴繩毫無意義。

「先生們，晚安。」教授說。他終於站在我們面前，非常高雅地點點他灰白的頭，那是他的風格。

「法蘭基，我的孩子。」他又點點頭。

「肌肉發達的松鼠。」再點點頭。

然後，他躺在老椴樹下呻吟嘆氣，閉上眼睛。過了好一陣子，正當我以為教授睡著了，他才用只比氣音清楚一點的沙啞聲音說：「那麼，法蘭基，我的孩子。你最近怎麼樣？過來一點。說吧。老人家我洗耳恭聽。」

我把所有事情都告訴他們：戈爾德的事，我現在住的那棟廢棄的房子，動物用品店，黃色鉤粉蝶，瘋瘋的鸚鵡，好萊塢，以及我如何突然變成不可知論者，還有享樂主義者。

我講的時候修飾了一些地方，故事結束時，我的朋友們應該會為我的新生活獻上祝福，或講些像是這樣的話：「哇，法蘭基！你走了好長一段路。你總是有辦法。我們非常以你為榮。」

但大家卻不說話。肌肉發達的松鼠盯著我，教授也小小聲地嘆氣。

我說：「朋友啊，怎麼回事？」

「你跟人類一起住？」肌肉發達的松鼠說。他講「人類」這個詞時，像是在講什麼很糟糕的疾病。「我從來沒想過你會這樣。法蘭基。你以前是自由的動物！」

「我現在還是自由的動物啊。」

「跟人類住就不是。」

「才怪。」我說。「做一隻自由的動物是態度上的問題。」

「不不，法蘭基。跟人類住就得依賴對方。你就失去所有自……自……你知道的，那個東西。你的自……！」

「他想說：你的自主權。」教授說。

「沒錯！」肌肉發達的松鼠說。

「你現在是徹底瘋了嗎？」我吼回去。

「法蘭基，對此我只有兩個字：『天大恥辱』！」

「這樣是四個字。」

「噢，是嗎？那我多送你三個字：『叛徒』！」

「這樣是兩個字。別再提前告訴我你要講幾個字了！」

肌肉發達的松鼠抓抓頭。

「你真的想要變胖嗎，法蘭基？」

「什麼？」

「你每天都有飼料，幫你盛好裝盤。我說對了嗎？很快，你的本能就會消失，我的朋友。你會變得遲鈍，頭腦也是。看看我，法蘭基。這個肌肉發達的身體，還有靈活的頭腦——一旦跟人類住，這些都會消失。」

「別擔心，我不會變胖。」

「我看，你已經變胖一點了。」

「我沒有！」

「那這是什麼，嗯？」肌肉發達的松鼠邊說邊戳我的肚子。

「不要戳我！」

「這就是培根卷！它們現在還小小的很可愛。」

「那你快舔我！」

「我不舔肥貓！」

「隨便你。」

「你的項圈在哪啊，法蘭基？」

「我沒有項圈！」

「我賭你一定有，還附小鈴鐺？噢，我們的法蘭基來了！跟人類住在一起，叫你趴下就趴下，掛著鈴鐺像隻綿羊。好乖。小鈴鐺叮鈴鈴！」

「肌肉發達的松鼠，我警告你！」

「你們兩個笨蛋！不要吵了！」

那是教授發出的聲音。他的眼睛幾乎睜不開，躺在那邊，只能聽見他沙啞的氣息。但他吐出的氣息非常嚴厲，像電視上的總統或黑幫老大。我不知道他是怎麼做到的，這是他的秘密。總之，我們馬上就停下來了。

「跟對方道歉！立刻！」

我們握爪，碰碰鼻子，碰碰頭。

「天啊，對不起，法蘭基！但我真的很擔心。你在人類那邊住！你要堅果嗎？」

「謝謝，晚點再看看。」

「我這裡有很好的堅果！有榛果、核桃、玉米粒、橡實、杉樹種子……你要堅果嗎？」

我們的友誼剛萌芽之時，我曾經說過一次「好」。因為我想表現友善一點。而且邏輯上來說，堅果什麼的對我無所謂。那時是冬季，我們為了一顆堅果四處找了好久。肌肉發達的松鼠喊：「這裡有！」但每次都沒有。他在秋天會像瘋子一樣四處埋堅果。「法蘭基，你得先預備好。一定要預備！」但之後他就忘了堅果藏在哪裡。以倉儲物流的角度來看，他會忘記是因為他藏在太多不同的地方，而且沒什麼規畫能力。我們最後蹲坐在雪地裡，冷得受不了。肌肉發達的松鼠完全在發神經。「法蘭基，這裡有！

還是沒有？我已經搞不清楚了。在這嗎？」

要知道，肌肉發達的松鼠是一種喜歡防範未然的動物，總在擔心那些以後的事。這內建在他的身體裡，你拿他沒辦法。而有些人類也是這樣。貝爾克維茨老太太總是拖著一袋袋的馬鈴薯到地下室，然後很滿意地說：「這樣要什麼就有什麼。」但你們也知道接下來發生什麼事：貝爾克維茨老太太跌倒，然後消失在白色車子裡。不知道她的馬鈴薯怎麼樣了。總之，我覺得這種防範未然的事情很不明智。也許明天一隻狼會抓到我，我就死定了。我會想：啊，早知道就不要藏什麼笨堅果或馬鈴薯或任何東西，而是要讓生活多點樂趣才對。我如果是個防範未然型的死者，我就會這樣想。

教授嘆著氣轉過身來，說天氣對他造成多大的影響，以前夏季多雨，比現在涼爽得多。總之，很多過去的事都比現在好得很。他睜開眼睛，看了我一下。我看見他黑溜溜、水汪汪的臘腸狗眼。教授就像是我的父親，或者爺爺。

「法蘭基，我的孩子，聽我說。你有在聽嗎？」

「當然有，教授。」

「你要知道，人心無法預測，喜怒無常。我的第一個人類用鐵鏟把我打個半死，於是我失去一條腿。我的第二個人類，亞當先生，收留了我，一隻無用的三腳臘腸狗，永遠進不了獾的窩。在家裡，他抱我上樓，甚至為我唱生日歌祝壽。他的歌聲很恐怖，還好我也半聾了。但他是最棒的人類，任何想靠近他的人都會被我咬。如果我牙齒都還在的話。選擇適合你的人類很重要，法蘭基。戈爾德適合你嗎？」教授慢慢接近，向我伸出他的殘肢，直接放在我的鼻子前。

「看清楚，法蘭基。看清楚我的殘肢。」

我快速看了一眼。雖然我很愛教授，但他只有三條腿的事，還是讓我毛骨悚然。有一次，我夢到他的第四條腿在森林裡奔跑，尋找教授，我試圖跟那條腿解釋教授住哪，但它不明白我的意思，因為它沒有耳朵。然後它變得超級火大，踢了我一腳。當我衝過森林，教授的腿還追著我跑。

「好好仔細看清楚！」教授邊說，邊搖晃他的殘肢。

「我有看！」

「你看到什麼？」

「一隻殘肢？」

「是真相，法蘭基。這隻殘肢提醒我，永遠保持警覺。人類是最糟糕的。看著我的殘肢！」

我開始對殘肢的事感到害怕。我對教授保證過大概五次，說我會永遠保持警覺，他才終於收回他的殘肢，說：「我認識你那個人類。」

「戈爾德？」

「嗯，理查．戈爾德，一位作家。可憐的傢伙。」

「他太太死了。」

「我知道，法蘭基。」

「你哪知道！」

這句話就這樣從我嘴裡冒出來。而教授舉起爪子安撫。

「報紙有登，法蘭基。一場車禍。村莊的盡頭，那條通往巷弄的大街上，在那裡發生的。你知道我看報紙，對吧？書我也看。」

肌肉發達的松鼠煩躁地翻了白眼。

我說：「是的，教授。我知道。」

這已經發生過好幾次。

教授非常聰明，是我認識最聰明的動物，也許是因為他讀報紙跟書，但他總要強調他很聰明，甚至會閱讀，這點反而讓我覺得他沒那麼聰明。

「兩人都在事故中喪生，太太跟小孩。」教授說，然後小吠了一下。

「什麼小孩？」我問。

「那個女人懷孕了。」

風吹過老椴樹，我們就躺在暮色中打瞌睡，因為適合跟朋友一起做的事，就是什麼也不做。我聽見肥海茲氣喘吁吁地追著他的棍子。最後一絲光線終於消失在湖面上，我們彼此道別。肌肉發達的松鼠衝過枝葉，我跟教授則走上大街。

「說說戈爾德的事吧。」教授說。

「我們聊了很多。」我說。

「用人類語？」

「對啊，沒別的辦法。」

「法蘭基，你明明知道三大黃金法則。」

「裝笨，裝笨，裝笨。對啦！我當時就這樣脫口而出了。」

「這很不妙，現在他知道你會什麼。戈爾德是公的，而母的比較溫柔。面對公的，你得立刻表明誰是群體中的領袖。他幾歲？」

「不知道。中年？」

「很好。年輕人太野了。他的牙齒如何？」

「沒注意。」

「牙齒很重要，法蘭基。他吃東西吃得好嗎？」

「他有吃，但主要都在喝。」

「他的毛髮如何？會發亮嗎？」

「耶，戈爾德沒什麼毛。但頭上有一些。」

「嗯，中年的人類就是這樣，毛很少。他喜歡遛狗嗎？」

「不喜歡。他常常坐著思考。他是一個悲傷的男人，對世界感到憤怒。」

「他需要動一動，法蘭基。不管什麼天氣都出去走走！我知道你們年輕人教育方式不一樣，但人類需要清楚的指令、清楚的方向，否則他會變成其他生物的瘟疫。他會清理自己嗎？」

「還可以。戈爾德行為就是有點……奇怪。他講話很奇怪。他說，他失去了生命的意義之類的事。」

「這樣很好，法蘭基。因為你就是他生命的意義，只是他自己還不知道而已。」

我突然感受到巨大的負擔。我的意思是，我從來不曾成為別人生命的意義，至少據我所知是這樣。但我想，當你在沒有任何前備知識、什麼都沒準備的情況下，突然變成像戈爾德這樣的成年人的生命意義，是一種巨大的責任。而我向來不太負什麼責任。

「我把一切想得太簡單。」

「是啊，人類會製造麻煩，法蘭基。但他們也會帶來快樂。若好好照顧人類，他們就會覺得自己很聰明，我們就讓他們相信這點。扮演好我們的角色，在偽裝下統治他們。這樣人類就會很快樂。如果你的人類對你好，你就對他好。明白嗎？這叫作辯證法，法蘭基，我的孩子。」

我本來很想問教授什麼是辯證法。但他已經溜過柵欄的寬欄杆，沿著鋪好的路往家的方向走去。每走一步，他突然變得要花更多力氣，走起路搖晃得越來越厲害。然後我發現，那是故意的。

他最後坐下來，短吠了一下。亞當先生立即出現在門口，喊著：「噢，巴尼，我親愛的。等等，我這不就來了！」然後他邊嘆氣呻吟，邊把教授抱起來，帶回屋裡。這全都是演的。

教授就是這種辯證法的大師。

我繼續往前走到廢棄房子，同時想著，我作為戈爾德新的生命意義，現在應該怎麼做，或必須怎麼做。還是說，作為生命的意義就只要繼續遊走在這世界上，讓事情自然發生就好。我因為在思考，一開始沒注意到有輛車。這輛白色的小車就停在廢棄屋子的門口。我同時還聽到嘰嘰喳喳的聲音，像麻雀發出來似的。我嚇到快吐了，立刻衝進灌木叢裡，心想，一定有人聽到我因為害怕而發出的巨大心跳聲。還好人類的耳朵只靈敏到可以拿來抓撓，除此之外沒什麼用處。

安娜．柯馬洛娃拿著手提箱站在花園。我想到那個可惡的箭，那灼燒的東西，我還想起她說過要來看看我的狀況。戈爾德站在她旁邊，我聽見他喊：「法蘭基！法蘭基，你有訪客！」

人類為什麼總以為只要用叫的，對方就一定要出現？

我躲在幾條貓尾巴距離的灌木叢裡等待。等著安娜坐進車裡，消失，然後永不再出現。但事情卻不是這樣發展。

起先那兩個人站在一起，一句話也沒說。然後安娜開始談天氣，說變得好熱，戈爾德也談天氣，也說變得好熱。接著安娜問：「我的小公貓狀況如何？他的傷口好了嗎？」

「傷口？啊，對。我想應該沒事了。」戈爾德說。

「但您其實不知道實際狀況？」

「知道知道。法蘭基自己跟我說的。我報告一下，我的頭已經康復了！這是他的原話。」

「很好笑。他現在在哪？」

「在路上。他寫了一首詩，想要朗誦給他的摯愛聽。」

「越來越好笑了。您喝醉了嗎？說實話，您聞起來有酒味。」

「這就是我喜歡您的地方，總是這麼直接。要不要來點伏特加？」

「謝謝。但我正在值班。」

「我以為俄國人沒那麼嚴格。」

「我是吉爾吉斯人。」

「我看不是。對我來說都是蘇聯。」

「您到底整天都在做什麼？」安娜問。「我是指，除了喝個爛醉以外。」

「我想想。修剪草坪，買貓飼料，希望一天就這樣過去。啊，對了，當然還有喝個爛醉。」

「了解。您失業中。」

「不，我沒有失業。我是作家。」

「噢，作家先生。」

「什麼意思？」

「什麼意思？」

「噢，作家先生。如您強調的。這是在諷刺吧。」

「我只是說：噢，作家先生。」

「您又重複了！」

「老天，您是有多敏感！您到底寫什麼書？犯罪小說？」

「不是犯罪小說，是小說。真正的文學。」

「真可惜。我喜歡犯罪小說。」

「您只讀犯罪小說？」

「或恐怖小說。」

「我很願意給您一本我的書。身為作家先生，我有教育的使命。您可能會喜歡我的書。」

「拜託，我也可能不喜歡您的書好嗎。您的書裡有人死嗎？」

「有。」

「很好。沒有死人的書，我碰都不碰。但如果書很無聊，我會直接跟您說。如果我不喜歡，我就不會讀完整本。書名是？」

「什麼？」

「您的書名是什麼？」

「《我和艾蜜莉的夏日》。」

「認真？」

「不喜歡？」

「聽起來很老套。」

「這叫經典。這不一樣好嗎。」

「聽起來像是住在英國鄉村的老太太寫的書，她會吃雞蛋三明治，然後不幸愛上一位莊主或伯爵。」

「很有趣的分析。」

「我賭《我和艾蜜莉的血腥夏日》會更暢銷。或至少要是《艾蜜莉事件》。」

「下一次我會先問您的意見。」

「就這麼辦吧。啊，趁我還沒忘記，我找到人照顧小貓了。」

「找到人？」

「有一個不錯的家庭願意收養他。您之前不是說要擺脫小貓？」

「我有說嗎？我自己都不記得了。」

「身為作家先生，您的記憶力實在爛透了。」

「法蘭基會跟我一起留在這。他需要我。」

「最好是，他需要您。」

「這有什麼好笑的？」

「沒什麼，一點都不好笑。我只是覺得，也許事情剛好相反。」

「才怪。」

「您聽清楚了，我還想在這裡多待個十五分鐘等小貓回來，然後幫他看傷口。也許他會出現。可以嗎？」

「不可以。」

「不可以？」

「除非跟我喝杯伏特加。」

「哇，您真的是混帳耶。」

「嗯，我知道。」

接著戈爾德就進屋去，拿了一個瓶子，以及兩個玻璃杯。我聽見鏘噹的聲音，他們繼續聊天。到了某個時候，戈爾德拿了兩把椅子，然後他們一直聊啊聊的。安娜大笑了幾次，然後兩人又繼續聊啊聊啊聊的。

真是難以忍受。

再也沒人喊我過去了。就算我不會因為別人喊了就過去，但有人能呼喚自己的感覺還是很好的，但也只是有時候而已。

我悄悄走到大街上，想著戈爾德說的話：法蘭基會留在這。這讓我好高興。他對我還是有感情的，對吧？

我不知道現在應該去哪裡，於是走到湖邊，坐在岸邊的一塊空地上。

我聽見人類的聲音，幾乎每一個字都聽得清清楚楚，甚至連對岸的聲音都是。很難想像夜裡可以隔著水聽到多遠的聲音。兩艘船在湖上漂著，一艘從我身邊開過，我想像，若坐在船上往下看，底下除了黑色的水以外空無一物，然而，實際上卻是在魚群的頭上駛過，這樣很奇怪。

之後我離開了湖岸，走上垃圾山。我走過黑暗、無人的世界。半月懸在我的上方，我說：「哈囉，月亮。你也越來越胖了。老朋友，很高興你在這裡。」

蝙蝠在夜晚發出嘶嘶的聲音，刺蝟在喘息。我聞到浣熊大便的味道，聞到夏日塵土飛揚的麥田的氣味。然後我自問，喵粘鞋卡．呼嚕琳坷是否正坐在窗戶邊，還有為什麼我生來如此膽小。真受不了。

在垃圾山頂，我蜷縮在自己的舊浴缸下面，看著月光灑下，直到開始做夢。我覺得，我的夢都是些雞毛蒜皮的事。你不會懂它的意義，而當你要跟別人講一個連你自己也搞不懂的夢時，只會越描越黑。因此，我都不跟別人說我做什麼夢。

但這次我夢見好萊塢。你們一定聽過人類愛說的那句話，那就是「夢想可以成真」。

11 好萊塢

我回到廢棄房子的時候，情況有了突如其來的變化。事情總是這樣，你剛開始還沒搞清楚是怎麼回事，所以一直處於驚訝狀態。困惑與驚訝這兩種反應不斷重複。

在與安娜．柯馬洛娃度過一個值得紀念的夜晚之後，我聽見戈爾德用口哨吹一首歌。不要問我是哪首歌，那不重要。當戈爾德站在廚房吹口哨時，我只能用驚訝的眼神瞪著他。有一天，戈爾德拉開所有的窗簾，光線照進廢棄的房子裡，亮到我不得不瞇著眼睛。然後，他把發臭的鍋子全都清理掉。另一天，他跟一個人類講了很久的電話（不知道對方是誰。他不告訴我），他說話忽然變得很親切，沒再一直爆粗口。最讓我吃驚的是有一天早上，戈爾德突然不再穿那件看起來極度可悲的浴袍，而是穿上正常人類穿的衣服。你們懂我在說什麼。我幾乎認不出這位善良的戈爾德，但他出現了！我很驚訝。在突如其來的變化降臨的那幾日，戈爾德跟我說：

「法蘭基，上車。我們去好萊塢。」

我當然沒照做。因為我想：他又在亂講話了。而且我再也不想坐車了。

但戈爾德堅持要一起去好萊塢，要去做試鏡什麼的。

「之前說的現實主義是怎樣？」我問。

「什麼怎樣？」戈爾德說。

「幾天前你才說過，我最好不要再想什麼好萊塢了，因為我只是一隻超普通的鄉下公貓。然後我們現在突然要開車去好萊塢，這是怎樣？」

「法蘭基，我只是想幫你一個忙。我們就當去郊遊，好嗎？對不起，我不該潑你冷水，只是變成電影明星這種事真的很不切實際。其實是非常、非常、非常不切實際。」

在聽到電影明星這個詞的時候，我就跳上車了。因為我認為：只要你相信，在腦中可以想像，那麼，這件事就是切合實際的。這是我的看法。我完全可以想像自己在好萊塢的樣子，會有一群揮手歡呼的人迎接我，他們說：「嘿，法蘭基！你終於來了！旅途還順利嗎？來，先來點吃的，休息一下，然後你就會變成電影明星囉。超簡單的。你覺得如何？」我會說：「朋友，聽起來很不錯。」

我們開車經過草地與田野，我回頭看時，村莊已經消失了。我不知道我們開了多久的車，但我可以告訴你，到好萊塢不用飛過天空，也不用坐船穿過海洋。大概是這樣：我們開車到動物用品店，然後左轉，再右轉，再直走，之後再右轉。然後戈爾德看著一小張紙，上面有好萊塢的地址。

過了一段時間，山脈出現在我們面前，我們往山的方向直駛而去。但當我們快到的時候，我才發現那不是山，而是非常高的塔還有房子。它們從地底下長出來，看起來都差不多。實際上，看起來完全一模一樣，像一群斑馬。

「這就是城市。」戈爾德說。

其中一座塔是所有之中最高的，頭上還有一根尖刺，穿過雲朵。我從來沒看過這些東西，突然感到自己非常渺小，甚至比跳蚤更覺得自己渺小。

「這就是城市。」我輕輕地喵叫了一下，在汽車座椅上縮成一團。頭上有尖刺的高塔旁邊有一棟很高的房子，上面貼著一些發亮的字母，又大又紅。我們要進入這棟房子。

「那些字母寫什麼？」我問戈爾德。

「快樂貓（Happy Cat）。」他說。

但房子前面有一條路，我們必須走路穿過。我心想：我們永遠到不了。這麼多車，這麼多人。人跟車都在趕往城市某處，而我完全不懂為什麼。是因為恐懼還是飢餓？或因為他們正在打獵？所有人都在講自己的小電話。只要小電話喊叫，人類就必須跟小電話說話。對此我們不能做什麼，因為小電話控制了一切，人類只能像狗一樣聽從。有些人類的爪子還抓著食物，麵包跟香腸之類的。他們邊跑邊吃，因為害怕還沒把食物放到一個安全的地方，就被另一個人類搶走。這招很聰明！

戈爾德把我放在肩膀上，穿過那條路，進到有發光字母的房子裡。

「我們現在在好萊塢了？」當我們抵達一個超大的大廳時，我這樣問。

「可以這麼說。」戈爾德回答。一個全身黑的男人走向我們說：「試鏡嗎？搭電梯，到地下二樓。」

我們像鼴鼠一樣往地下去，但這裡看起來不像鼴鼠的窩。我其實認識一隻鼴鼠，他叫作格拉博夫斯基。格拉博夫斯基家裡的一切都很陰暗，我往裡面一探，其實就是一個隧道，裡面躺著一些老蚯蚓跟蝸牛。一點也不舒適。鼴鼠不懂什麼叫舒適，也不知道如何過好日子。如果你們問我的話，我會說他們實在很命苦。

那個叫作地下二樓的地方自己開了門，我只看到到處都是貓。整間大廳滿滿的母貓跟公貓，他們都跟自己的主人一起在座位上等，或正在排隊，或綁著繩子到處逛，或透過籠子的柵欄偷看。我走在戈爾德後面，到了一張長桌前面，有兩個人坐在那邊，一個女人和一個男人。我猜他們是為好萊塢工作的。那個女人有很尖的紅色爪子，而男人頭上沒有毛。戈爾德翻出一小張紙說：「這上面寫著，您在為廣告拍攝找尋適合的貓？他叫法蘭基，是最棒的貓。」我覺得戈爾德說的話真的很貼心，雖然那也只是

看到那邊後面有純種暹羅貓、埃及貓，這裡還有金吉拉貓。那邊坐著緬甸聖貓、俄羅斯藍貓、緬因貓和一隻非常漂亮的土耳其梵貓。」

「土耳其廂型車*？」戈爾德大笑。「低底盤、寬輪胎、鍍鉻的排氣管？」

那個男人沒有笑。

「您的公貓……」

「他叫法蘭基。」

「您的公貓看起來就只是一隻普通的家貓，天知道混了什麼品種。」

「所以呢？」

「我們在找巨星，不是黑羊。」

「或許該說是：不找彩色羊*。」講話的是有紅爪子的女人，她也坐在

＊土耳其梵貓（Türkisch Van）德語字面上也可以理解為「土耳其廂型車」。

桌邊。

那個男人輕咳了一下，跟戈爾德說：「聽著，您這隻公貓是……很有趣的動物。一隻彩色的羊。但他太平庸了。對，可以說滿醜的。而這裡是快樂貓牌肉汁饗宴的試鏡。飼料界第一品牌。我們在找的，是能代表快樂貓牌肉汁饗宴的新面孔！」

「但他臉上就寫著肉汁饗宴超美味啊。」戈爾德說。「法蘭基超喜歡肉汁。」

「他的左耳怎麼了？」那個男人問。「那裡缺了一整塊。我們不收殘缺或被咬傷過的動物。老天啊！」

「不過，我不知道……」桌子旁的女人開始說話，並看著我。「這聽起來也許很瘋狂，但不知怎麼的，他看起來……非常真實。」

「真實？」那個男人說。

「對啊。他渾身給人一種平凡卻又與眾不同的感覺，加上半個耳朵。他……很多元。你不覺得嗎？」

「妳說的多元是指，他算是一隻好黑羊？」

「是彩色羊而不是黑羊。但你說得沒錯。」女人說。「如果我們想說好一個故事，那會變成：這隻公貓長得就像其他上百萬隻貓。一隻流浪貓，悲傷的混種貓。而且，他只有半個耳朵，幾乎聽不見這個世界的聲音，難以辨別方向，被世界排除在外。但他不放棄，為獲得認可和愛而戰！這樣的故事能打動人心，而且絕對是走在時代前面：快樂貓牌肉汁饗宴——我們愛所有貓。也許他還有其他殘疾？」

「他沒有殘疾！」戈爾德說。

「當然沒有。」紅爪女人說著，就對我拍了張照，並在一張大紙上寫了

＊黑羊表示團體中地位較低、不受喜愛的人。彩色羊則是暗指法蘭基並非純種貓。

些東西，然後交給戈爾德，說：「歡迎參加快樂貓牌肉汁饗宴的試鏡。」

我不能完全聽懂好萊塢的人類到底在講什麼。也許只聽懂一半，或一半的一半。

「試鏡到底是什麼？」我問戈爾德。

「嗯，就是他們會看，你是否適合那個角色。」

「我適合嗎？他們說我很醜。」

「你不醜，法蘭基。也許你有一點醜，但你很有魅力。」

現在，我要跟你們坦承一些事，你們信不信都可以：我從沒想過自己看起來怎麼樣。我也從沒想過別的動物看起來怎麼樣，無論他們是美麗還是醜陋。除了喵粘鞋卡．呼嚕琳坷，因為她其實不屬於這個世界。有些動物當然是天生的混蛋，例如浣熊。但我現在也不能判斷他們到底醜不醜，只知道他們是混蛋。你們懂嗎？

但人類不同。他們常常在說別人長得怎樣，或別人是哪一類。然後這就變得非常重要。嘿，法蘭基，你好醜！嘿，法蘭基，你是混種！嘿，法蘭基，你有殘疾！連你幾歲，人類都想知道，而且還一直講個沒完。你幾歲根本不重要，重要的是，你此刻就在這裡。

你們想聽聽一隻見過世面的公貓給的建議嗎？放聰明一點，相信我，世界上有混蛋跟非混蛋。鰻魚一般乾脆。但如何區分混蛋跟非混蛋，通常很困難。超級聰明的人類，你們最好想清楚。

我因為想得太多，而且給了人類很好的建議，所以肚子餓了。

「你有沒有吃的？」我問戈爾德。

「對不起，法蘭基。」

「我以為在好萊塢可以搞到一點飼料什麼的？」

「在好萊塢，大家都吃得很少。」戈爾德說。

我在大廳到處晃，為了找點食物，也因為我們必須在這裡等超久，等著試鏡。如果你們要來好萊塢一趟，最好帶上你們最愛的飼料還有玩的東西，或好萊塢電影，不然在這邊會無聊到待不下去。

「嘿，那邊的小伙子。嘶！這邊！過來這。」

一開始我不知道是誰在說話。然後，我看到幾條貓尾巴距離遠的地方有一隻母貓，她對我眨眨眼，舉起爪子，嘶嘶叫著：「嘶！過來啊，孩子！」於是我就走到她身邊。因為，我認為在好萊塢應該要拉點關係比較好。那隻母貓躺在一個巨大的籃子裡，前面有柵欄，她的爪子伸出柵欄。

「嘿，小伙子。嘶！你有那東西嗎？」

「什麼東西？」

「我是問你有沒有那東西。過來，把東西放在我的爪子上。」

「我應該要有什麼東西嗎？」

「別裝傻了，快把東西交給老媽媽。」

「可是我什麼都沒有啊！那妳有什麼東西？我肚子好餓。」

「快啦！不用多。但我需要來一點，來點好東西。」

「好東西？」

「啊，媽的！你真的什麼都沒有，哼？為什麼我總是找錯對象。以前我總能找到對的傢伙。從前啊！大家都為我瘋狂。」

「我是法蘭基。」我這樣說，是因為我不知道除此之外還能說什麼。

「我是比安卡・馮・霍森瓦德─沃芬史坦。你叫作法蘭基？就這樣？」

「法蘭基・馮・垃圾山*。」我說。

「好喔，法蘭基・馮・垃圾山。第一次來這裡？你看起來像是……」

＊德語名字裡有介系詞「馮」（von）的，通常是貴族，但這個詞也可以理解為「來自……」。

「嗯。剛剛才到好萊塢。」

「好萊塢？啊，當然、當然。小伙子，你知道這裡是幹嘛的嗎？」

「嗯，我要變成電影明星。為了愛。」

「你是一個浪漫主義者。好可愛。」

然後她就盯著我看。我有點暈，因為她那雙長在黝黑臉龐上細長、湛藍的眼睛直瞪著我。真的很恐怖。我從來沒見過像比安卡這樣的母貓。

「那你最好跟緊我，小伙子。我是這裡的明星。好心的老比安卡會照顧你的，好嗎？」

「妳是一隻品種嗎？」我問，因為我常聽到人類講這個詞。

「我當然是品種貓，小伙子。純種暹羅貓。你呢？你是什麼？」

「我？我是殘疾貓，還很多元。」我說。

「嘿，你很有趣，法蘭基・馮・垃圾山。我喜歡你。」

「有品種是什麼感覺？」我是真的很想知道，而且我有點嫉妒。

「孤獨。」她說。

「孤獨？」

「我只能跟暹羅貓見面。有時候，我的人類禁止我跟其他種貓交流。」

「他們是種族主義者嗎？」

「當然是。但他們稱自己為飼育員。」

「飼育員。哇。」

我就這樣認識了有名的比安卡・馮・霍森瓦德—沃芬史坦，她是純種暹羅貓。你們可能有聽說過，她在好萊塢參與過多場演出。「但來了一隻年輕的緬因貓，她搖搖屁股三下，我就被淘汰了。這裡就是這樣。競爭激烈，眉角很多。遇到我算你幸運。好心的老比安卡會幫你的。」我覺得她真是好心。而且我甚至不知道試鏡到底實際上要做什麼。

「聽著，小伙子，我會給你一些建議，甚至還會告訴你大明星的秘訣。這樣你就能一路登上巔峰。你想知道秘訣嗎？」

我點頭。

「你當然想。但你要先幫我個小忙。看到後面轉角那隻黑色的狗了嗎？」

那裡真的坐著一隻黑狗，我完全沒注意到。他坐在不顯眼的陰影處，靠近我來到地下二樓的那個門。

「你現在走去他那，說，你需要幫好心的老比安卡拿一點那個好東西。你可以幫我嗎？」

我點頭。

「那是什麼狗？」

「阿富汗犬。」

「黑色的阿富汗犬？」

「沒錯。」

「他有名字嗎？」

「藥頭。」

「藥頭？他叫藥頭？」

「沒錯。你現在就去！」

12 兄弟*

我穿過大廳，心想，若能知道好萊塢大明星的秘訣，一切就能順利進行。**法蘭基，你真是幸運兒！**

問題是，我越靠近那隻叫作藥頭的黑色阿富汗犬，他就變得越大。當我站在他面前時，他大概是我的三到六倍大。我的腿突然開始發抖，跟他說話時，聲音也變得又尖又抖。

「嘿，阿富汗犬。怎麼樣呀？我想……」

「該死的。兄弟，大聲點。」

「我想要……那個好東西，給我的朋友比安卡。」藥頭由上往下看我一眼。什麼也沒說，先舔了一下屁股。我耐心地等待。

我不知道你們有沒有跟黑色的阿富汗犬打過交道，他們基本上是由毛髮構成的。藥頭頂著一顆中分頭，毛髮蓋住臉，尖鼻子跟嘴從毛髮的中間凸出來。

「兄弟，要多少？」藥頭問。

「我是法蘭基，不是兄弟。」我以為這樣就講清楚了。

「了解。法蘭基，兄弟。你要多少？」

「什麼多少？」我說。

「好東西啊，兄弟。」

然後出現另一個問題。多少？我連是什麼東西都不知道，好東西到底是什麼？

＊原文Digga為街頭年輕人打招呼的用語，用來稱呼伙伴、兄弟或朋友。

「一……份？」

「好喔，兄弟。你要給我什麼？」藥頭問。

「我？什麼都沒帶，我只是來拿而已。」

「你要我的好東西，但卻什麼都不給我？我有聽錯嗎？」

藥頭語帶威脅。

「我應該給你什麼？」

「咀嚼用骨頭，雞肉口味，這是一般價。我也收咀嚼雞肉條，或兔子脖子。兄弟，如何啊？」

我搖搖頭。藥頭用他的尖鼻子靠近我的耳朵，低聲說：「如果你什麼都給不了，那我也什麼都不給你。滾吧！」

講真的，不知道為什麼，我就只是坐在那邊不走。我很害怕，但同時無計可施。因此我鼓起所有勇氣，告訴藥頭我不能現在就滾。在沒拿到那個好東西之前我不能滾，得到好東西，我才能知道成為巨星的秘訣。

於是我講起喵粘鞋卡・呼嚕琳坷的事，講述我如何在月光下寫詩給她，我曾坐在她的窗前無盡等待，因為渴望而說不出半句話，而好萊塢是我擄獲她芳心的唯一機會。可能藥頭也曾經戀愛過，懂得撕心裂肺是什麼感受，明白有些日子你只想躺在舊浴缸裡，因思念而小聲嗚咽，懂得生活黑暗如夜晚的森林。

突然，我聽到上方有吸鼻子的聲音，然後就看到藥頭的鼻尖上，掛著一顆發著光的大淚珠。那真的是我看過最大的淚珠，有覆盆莓那麼大，而這非常合理，因為體型巨大的狗當然有巨大的淚珠。另外，我也發現，阿富汗犬就個性上來看，是非常敏感的類型。藥頭的毛上充滿覆盆莓大小的眼淚，他吸著鼻子表示，我跟他說的故事，是他聽過最愚蠢也最動聽的。

我說：「真的？」

他說：「受不了耶，兄弟，超級催淚。哇！比《鐵達尼號》還揪心。」

藥頭告訴我，很久以前，他在阿富汗當阿富汗犬時，曾經談過一場轟轟烈烈的戀愛。但因為宗教因素，最後這場愛情無疾而終。這跟什葉派、遜尼派和多羅米提山派有關，他們之間有某些問題。我最好不要再多問，因為藥頭已經哭得夠慘了。

「你真的不知道好東西是什麼？」

「完全不知道，藥頭。」

「你知道的不多耶，兄弟。」

「我知道啊。我鄉下來的。」

藥頭抬起他的屁股，我本來以為，他又要舔屁股舔一世紀。但他把屁股抬得更高了點，我看見他的毛下面藏了一些透明的小袋子，他用爪子把其中一包往我這邊推。

「這就是好東西？」

那東西看起來就像乾草。

「貓薄荷。最純的，沒摻任何東西。」藥頭說。我以前聽過貓薄荷，那會讓貓發瘋。

「但我沒辦法給你任何東西。」

「我很久沒這樣大哭了，這對我而言就足夠了。我很享受，兄弟。你知道為什麼我們叫作黑色阿富汗犬嗎？因為我們極度憂傷。現在幫我一個忙，請滾吧。」

我拖著腳步走開，嘴裡叼著袋子，覺得自己像是一隻成功狩獵的大貓。獅心王法蘭基！我當然想告訴比安卡我跟藥頭打交道的冒險之旅，但她完全沒在聽我說話。「少廢話，小伙子。給我好東西。拿過來這！」

她貪婪地用爪子撕開小袋子，開始大吸特吸，把整個鼻子都塞進去。然後她仰面躺著，跟貓薄荷瘋狂地翻來覆去。一次又一次。真的是恐怖到了極點。

「嘿？」我試著跟她說話。「比安卡？你要告訴我的那個巨星的秘訣呢？還記得嗎？」

她停止滾動一下子，然後看著我，藍眼睛非常冰冷而無情。「巨星的秘訣是嗎？好，秘訣就是：絕對不要相信你在好萊塢認識的貓。現在立刻滾蛋，你這個愚蠢的白癡！滾吧，離開這裡！」

我走過大廳，感到十分困惑，內心無比空虛，然後癱倒在角落。但整件事最糟糕的部分不是謊言，而是比安卡說的完全正確。我是個愚蠢的白癡，只要事情聽起來不錯，我就會完全相信。一旦你開始覺得自己像愚蠢的白癡，你就會想跑得遠遠的，或在森林裡找個很深的洞鑽進去。而這正是我想要做的事：回到村莊，那個我所屬的地方；回到好朋友的身邊，就算有個朋友只有三隻腳。我想停止做白日夢，因為好萊塢不會要一個愚蠢的笨蛋，或在某地立一個牌子，上面寫：想變成電影明星嗎？歡迎愚蠢的笨蛋報名！

問題在於，我拜訪藥頭後，在混亂中跟戈爾德走散了，我完全沒看到他。另一個問題是，我肚子變得超級餓，餓到腿發軟。然後，還有一個問題是，我因為其他的問題而感到越來越絕望。不幸的是，問題就是這樣，一旦有了問題，其他問題就會隨之而來。像兔子一樣越生越多，但你拿它沒辦法。

我蹲在紅爪女人跟頭上沒有毛的男人原本在用的那張桌子前，等著戈爾德，我心想：放聰明一點，法蘭基。而聰明的做法，就是在你想找的那人最後跟你分開的地點等待。但戈爾德沒有出現。沒多久，我不僅肚子餓，口也渴了。我感到非常絕望，等待對我來說，變成不那麼明智的做法，因為你只是坐在屁股上，發著瘋。這時我突然想到：桌子旁還有一扇大門，貓跟他們的人類會一起進去，然後過一會又一起出來。人類跟貓說：「很順利喔，賈桂琳！」或者：「彼德，你剛剛為什麼這麼興奮？」或者：「你至少可以做做樣子，假裝東西很好吃啊，露西！」我看著他們好一陣子。偷看、偷聽。然後有人出來，門開了一下，我便趁機溜進去。

原來，門的正後方是一個房間，裡面坐了幾個人類，紅爪女人跟頭上沒有毛的男人也在。然後，裡面還有很多小太陽立在柱子上。這些太陽發出超級亮光，刺痛眼睛。但我在這裡也沒看到戈爾德。

當我正要往回走時，一股味道充滿我的鼻子。然後，我看到了某個東西。朋友啊，你們不會相信的！我一開始以為這又是什麼好萊塢卑鄙的把戲，也因為我是一個愚蠢的白癡，所以我知道生命中有些東西根本就不存在。例如，一隻肥美的老鼠直接把頭塞進你的嘴巴裡，說：「親愛的法蘭基，用餐愉快。」

或者，一群狼經過說：「無情的法蘭基，我們覺得你超級聰明，很有魅力。因此，我們希望你從現在起成為我們的狼首領。」

再或者，我穿過森林，找到教授的第四條腿，然後用口水把它黏回老位子，還真的有用！

這些都不可能發生。

但我在好萊塢看到、聞到的那個東西是真的存在。因為就在那裡，滿滿一碗。那東西就這樣放在那，好像從天上掉下來的一樣。有人在最上面放了一根嫩菜，其實可以省去不放的。但這樣看起來很美。

我偷溜過去，屁股平平地貼著地板，這樣人類就不會注意到我。我實在超餓，像瘋子一樣狂吃。唯一讓我有點困擾的，就是那些太陽的光直接照在碗上。如果你們現在在想：法蘭基，這真是奇怪的故事，那你們真的不知道什麼叫作奇怪。奇怪的地方其實在於，人類突然有了反應。他們說：「珍，那是哪一隻貓？看一下名單。」然後：「湯姆，你有錄到嗎？攝影機運作正常？一定要給我來個特寫。」接著：「哇。他一進來就開始狂吃！好像這東西真的很好吃。」然後：「你們看看，他是怎麼狼吞虎嚥的！」接著：「他吃的樣子超級真實，不覺得嗎？」最後：「真的，姿勢也超級真實！」看來這是他們最喜歡的詞。

一個人類走向我，肩上扛著大箱子。我馬上向他怒吼，喉嚨使出全力。我很討厭別人在我吃飯時打擾，這樣太沒禮貌。我當然舔了一下鼻子，因為還有點醬汁在上面。「你們看到了嗎？天啊！他真的很懂如何面對鏡頭！珍，你在名單中找到他的名字了嗎？」

大概就是諸如此類的反應。直到我聽見，身後有一個熟悉的聲音喊著：「法蘭基！你在這啊。該死。我找你找到快瘋了！」

我好高興戈爾德找到我了，但我得先把碗中的食物吃乾淨。房間裡的人馬上向戈爾德湧過去，激動地跟他說話，爪子還拚命晃動，意味深長地點點頭之類的。最後，戈爾德走向我說：「法蘭基，你到底做了什麼？」

「我？沒啊，就吃飯。我好餓。」

「那些電影人高興死了。」

「因為我？」

「當然是因為你。」

「他們應該要在試鏡時才見我吧。我會做很多事！跳高、衝刺、打獵、怒吼、埋伏、偷聽、偷看、躡手躡腳……」

「法蘭基，剛剛那就是試鏡。」

「啥？不懂。」

「你現在是他們名單中的排名第一。恭喜你！」

「什麼？」

「哇，法蘭基。看來你會成為新一代的快樂貓牌肉汁饗宴的代言貓。誰想得到。」

「啥？」

連我們已經開車一段時間，城市和那些塔樓、斑馬屋子都已經離我們很遠了，我都還在「啥？」因為這實在太奇怪了。我真想跟海豚飛寶聊聊他試鏡的經驗。但這就是好萊塢，我的朋友。你在這裡可以做很多想做的事，然後拚命追求自己的夢想。或者你也可以就填飽肚子，然後出名。如果你們想知道成為巨星的秘訣的話，我會說：好萊塢適合什麼都不做的人。不過，你也得同時很真實地什麼也不做。

我們又一次開車穿過這遼闊的世界，穿過無盡的街道，以及田野、草地與森林。車子狂速奔馳、劇烈搖晃之時，我爬到戈爾德的腿上，他摸摸我的頭。但我已經不再害怕。我喜歡和戈爾德一起開車出門，我想我這輩子還沒這麼幸福過。真希望這一刻能永遠地持續下去，但誰在乎一隻公貓的願望呢。

13 星球

空氣中瀰漫著不同以往的味道。當我跟肌肉發達的松鼠傍晚一起坐在垃圾山上欣賞晚霞之時，他首先發覺這點。

「你有聞到嗎，法蘭基？秋天來了。」他說。

我把鼻孔撐得大大的，空氣聞起來還真的有點秋天的味道，如果你仔細聞，那是一種涼爽、潮濕泥土的氣味。

「嗯，空氣真好！」肌肉發達的松鼠邊說邊深呼吸。「好萊塢沒有這麼好的空氣喔。」

「空氣就是空氣。」我說。

「不不，法蘭基，不是喔。這麼好聞的空氣只有這裡才有，相信我。」

這幾天他都是這樣。自從我跟朋友們講了好萊塢的事之後，肌肉發達的松鼠就變得很奇怪，常常說一些這樣的話：「你看這個水坑，裡面的水好清澈，這種水坑你在好萊塢要找很久喔，我的朋友！」

或是：「法蘭基，你聽到風吹過樹林的聲音了嗎？你在好萊塢不可能聽到這麼美妙的聲音。」或是：「看看這顆玉米粒！金黃又飽滿。你不會以為好萊塢能找得到這種東西吧？法蘭基，你不會這樣想吧？」

「哎唷，我又不會離開這裡。」我邊說邊把爪子放到松鼠小而肌肉發達的肩膀上。然後，我們在垃圾山上靜靜地坐了一陣子，看夜幕低垂。

「你確定不會離開？」

「也許會離開一下子。」我說。「為了拍片，或是在好萊塢跟一些名人聚餐，聊一些重要的事情。」

「什麼是重要的事情？」

「不知道。可能是世界和平之類的。」

「法蘭基，你懂世界和平喔？」

「還不懂。但應該不會太難吧？畢竟世界和平不就像其他種類的和平那樣？」

「你的言談充滿機智耶，法蘭基。」

「是嗎？」

「我覺得你聽起來很聰明。」

「你也可以去好萊塢。我們三個一起坐車過去。你，教授，戈爾德跟我。」

「戈爾德也去？」

「他有車。」

「對喔。」

「而且他會開車。」

「對耶。都得考慮進去才行。」

「戈爾德真的不壞。雖然他表現出來不是那樣，但以人類來看，他基本上不差。」

月亮很快就現身，我們頭上的星星也越來越多，看起來真的很厲害。整個天空閃閃發光，有一瞬間我以為我們是無敵的、是永生不死的。真的，我當時是這樣想的。就算我無法解釋為什麼我們看到星星的時候，會產生這樣的想法。

「月亮究竟為什麼是黃色的？你知道嗎，法蘭基？」

「我猜，他就是這樣被製造出來的。」

「但有時候他也不是那麼黃。」

「對啊，有時他比較蒼白。」

「他能掛在那上面真是不可思議，你說呢？」

「太不可思議了。同時也好美。」

「我也覺得。這樣的月亮，就算只有一半，都還是很特別。你想他們現在看得到我們嗎？」

「誰？」

「哎唷，就是月亮上的居民啊。」

「當然啊。我們在這裡看得到月亮，那他們一定也能看到我們。這很合理吧。」

「快，我們來揮揮手。」

我們向月亮揮手，揮到我們的爪子都變得很重為止。

「你聽過人猿星球嗎？」我問。

「沒耶。星球是什麼？」

「一個星球就是一顆星星，像天上那些。我有一次在電視上看到，超級有趣，在某個地方有一顆星星，上面的領袖是猿猴。他們會騎著馬到處跑，統治一切，包括人類。」

「胡說！」肌肉發達的松鼠看著我。

「真的，我在電視上看到的。都是真的，上面的某個地方一定有個人猿星球。就是這樣。」

「那你覺得，月亮會是人猿星球嗎？」

「可能喔，這得問一下猿猴。你認識猿猴嗎？」

「不認識。你呢？」

「不認識。」

「法蘭基，你知道最不可思議的會是什麼嗎？如果那邊有一個松鼠星球。你想想看！到處都是松鼠、堅果樹、堅果灌木叢還有堅果花，所有東西都是堅果做的。松鼠騎馬，而且還是領袖。」

「嗯，那就真的太酷了。那我就坐在對面的貓咪星球，我們可以互相拜訪。」

「好耶！但是……我們要怎麼拜訪對方？」

「我們騎馬過去。星球之間會有橋，可以騎過去。」

「對耶，法蘭基。你這樣說很合理。」

「你知道什麼更讚嗎？酷動物星球，上面只能住一些很酷的動物。像是你、我、教授跟其他我們選的動物。但像浣熊那類的混帳就不可以來。」

「老鷹也不行，他們會追殺我。」

「天鵝、喜鵲、狼也不行。」

「獾、鼬、貓頭鷹也不行。」

「候鳥也不行。」

「人類也不行。」

「人類也不行？」

「我覺得人類不需要別人，法蘭基。」

「耶，人類很聰明，而且他們做大量的工作。我們總需要人來幫忙蓋星球之間的橋，或是餵馬，就是那些我們自己不想做的事。」

「那也許我們可以帶幾個人類過去。天啊，我真想現在就跟你一起去那裡。酷動物星球，酷！」

「噓！小聲一點。」

「怎麼了？」

「你聽到了嗎？」

某處傳來沙沙聲，一根樹枝斷了。

「有什麼在那。」我說。

「對，但是誰？」

「我哪知道？小聲一點！」

我們側耳聆聽，在黑夜裡注視著。又傳來沙沙聲，這次還加上喘息聲。

「我們最好快跑，法蘭基。」

「噓！」

一個影子穿過垃圾堆，直接跑向我們。然後，我聞到了他的味道。

「靠，是浣熊。」我小聲說道。

肌肉發達的松鼠立刻逃跑，他爬上一棵樺樹，從上面喊著：「法蘭基，他在那！我看到他了！小心啊！他來了！」這當然是好意提醒，但現在連聽力不好的浣熊都知道我們在這了。

浣熊踏著步伐向我走來，這樣走路看起來非常蠢。他比我高大，也比我壯碩，是一隻很肥的浣熊。講真的，趁現在逃跑毫無疑問才是聰明的決定。但一隻公貓有時候就是不能這樣跑掉。垃圾山是我的家，你們懂嗎？是我的垃圾山。這點貝爾克維茨老太太從來沒搞懂過。當我帶著流血的耳朵走到她面前時，她總是搖頭哀嘆：「噢，法蘭基，你這個傻孩子！為什麼總要在外面打架？」

答案是：這是我的天性。沒辦法，我是領域性動物。我思考過，還是對人類不懂領地觀念感到驚訝。因為我對人類的了解是，他們自己就是領域性動物。

肌肉發達的松鼠從樺樹上向下喊：「我去找救兵，法蘭基！」然後便跑走了。浣熊張開嘴，瘋狂地發出嘶嘶聲。我在月光下看到他尖銳的牙齒。真的很難想像，看起來那麼友善的浣熊臉，居然長著這麼討厭、尖銳的牙齒。我是指，有些動物看上去就是有點卑鄙。如果你碰到狼，而對方說哈囉還咧嘴一笑，你就知道自己死定了。而浣熊卻不同，大家一開始會覺得他很可愛什麼的，但千萬不能小看他。我就犯過一次錯，所以失去了半個耳朵。那時候我還小，什麼都不懂。我晚上走過村莊，看見兩隻浣熊在那。我想跟他們聊天，因為我有點寂寞，而且覺得他們看起來很友善。然而，雖然他們臉上像是掛著很滑稽的眼鏡，卻把我打個半死。其中一隻浣熊咬掉我的耳朵，而且當他注意到嘴裡咬的是什麼，同時意識到這很難嚼碎時，就又把它吐了出來。然後，我的半邊耳朵就飛到空中，畫出一條超高的弧線。從沒見過這種事。但我的耳朵在空中飛的樣子，我至今還時常夢見。

當肥浣熊張開嘴時，我直接向他撲過去，給他一個突襲。我伸出尖爪用力給他一拳，接著再一拳，動作很快。他因為太肥而反應不過來。我這次出手很猛烈，但浣熊只是看起來非常困惑，一邊發出嘶嘶聲。這點你不得不佩服：他們真的毫無畏懼，而且非常耐打。

然後他就撤退了，但不是因為害怕或什麼的。他踏著愚蠢的浣熊步伐，非常輕鬆的樣子，像是心裡在想：拜託，這整件事對我來說超白癡的。然而不幸的是，我這時犯了一個錯。我很清楚浣熊不想惹事，但我卻狂妄了起來。如果我在鬥毆中感覺自己像個贏家，偶爾會犯這樣的錯。總之，我在他背後喊了一些很難聽的話，像是什麼畸形兒之類的。於是浣熊轉過身來，看了我一下，暴怒地朝我衝來。

他用超狂的爪子猛擊我的頭跟其他地方。我左眼閃了一下，然後我發出慘叫，那隻眼睛突然像燈熄滅。接著又是猛烈的一拳，打中我的臉，我的膝蓋發軟，整個倒向一邊，鮮血從我的口鼻流出來。浣熊現在踩在我的身上，我聞到他噁心的氣息。他咬我的側面，咬我的脖子，用尖銳的牙齒鑽進我的肉裡。這不像是我看過的電影裡人類打鬥的場景，通常都會突然有個聲音說：「放過他吧！」然後就真的放過對方。可惜實際上沒那麼簡單。浣熊把我拖進泥巴裡，繼續狂揍我。我知道，一切都結束了，法蘭基。結束了。我本來還想對最高領袖（或之類的）說聲謝謝，感謝祂賜給我這麼美好的一生，我真的熱愛我的生活。

我的一生充滿幸運。我睡得多，甚至有人愛我之類的，實在是相當好運。只是，現在一切都結束了，在這點上我倒是不太走運。

然後，我用一隻眼睛看見那件可悲的浴袍如何衝向我。跑在他前面的是肌肉發達的松鼠，他叫著：「法蘭基！我們來了！還活著嗎？法蘭基！」

當時的情況這樣的：戈爾德氣喘吁吁，穿著那件極度可悲的浴袍，肌肉發達的松鼠又衝回樺樹上，而我半死不活地躺在地上，浣熊在我們之間。

之後發生的事，天啊！戈爾德發出一種我從來沒聽過的吼叫。我知道的動物之中，沒有一個能發出這樣充滿憤怒與絕望的聲音。戈爾德邊叫邊追著浣熊，撿起地上的東西——石頭跟某些垃圾——就往浣熊那邊砸。東西不停亂飛，浣熊幾乎已經失去控制，但戈爾德完全不管。他什麼都不怕！他用腳踢，用木頭打。我真的好驕傲。但說真的，也覺得好恐怖。戈爾德似乎什麼都不在乎，像個瘋子，比浣熊還瘋。最後浣熊逃走了，戈爾德還尖叫了好一陣子，直到我虛弱地跟他說：沒事了，已經沒事了。

戈爾德抱著我走下垃圾山。他把我緊緊抱在胸前，像是抱著他自己的孩子。我看見美麗的月亮，天空上面的某處有一個酷動物星球，我心想，只要我還活著，一定要去那裡看看。

14 笨蛋

到處都痛，到處都疼。我實在太累，而且左眼幾乎什麼也看不到。戈爾德把我放在廢棄房子的沙發上，拿了條毯子給我保暖。他坐下來打電話給安娜·柯馬洛娃，他現在都叫她安娜。然後，肌肉發達的松鼠跟教授都蹲在這，他們兩個就這樣進到屋裡來了。

大家在我周圍或坐或蹲，好像我們是一個家庭之類的，即使我很難想像一個由人類、公貓、松鼠及三隻腳的臘腸狗組成的家庭。但你們懂我的意思。大家都很擔心，想知道我需要什麼，肌肉發達的松鼠一直問：「法蘭基，你好嗎？」「還可以。」我說。沒過一下子他又問：「法蘭基，你現在好嗎？」這讓我覺得有點煩，但也非常美妙。我記不得上次有人這樣掛念我是什麼時候的事了。都等到我快死了，才有人擔心我，還是讓我覺得有點可惜，不然我會更享受這一刻。

「天啊，我好高興你還活著。」肌肉發達的松鼠說。「實在太驚險了，法蘭基。」

「我以為你們不會出現。」我無力地說。

「天啊，你跟浣熊對決的時候，我直接衝去廢棄屋子想把戈爾德帶過來。但戈爾德那時候……在忙。」

「忙？」

「嗯，就在這裡。用那條毛線。」

肌肉發達的松鼠指著天花板，那裡又重新掛了一條美麗的毛線。我剛剛甚至沒注意到這點，畢竟我差點掛掉。

「我坐在窗邊，瘋狂大叫。但戈爾德沒反應。他站在椅子上，脖子纏著毛線。他完全吊掛在那上面耶，法蘭基。像樹上的堅果。」

「可能他沒聽見你的聲音？」

「他一定有聽到！」

「你喊了什麼？」

「救命呀！法蘭基！人類語我只會說那麼多，但戈爾德好像完全了解我的意思。他掛在那條毛線上瞪著我看。他本來可以更快趕來的，法蘭基。」

「是呀，他確實是可以馬上過來的。但戈爾德喜歡玩毛線。他就愛那個。」

「我還是覺得他這樣讓你等不太好。畢竟這事關生死。」

「對呀，這樣真的不太好。」

「教授，你覺得呢？」肌肉發達的松鼠問。「戈爾德寧可玩那圈毛線，也不救法蘭基，這樣不太好，對吧？」

教授一句話也沒說，只是盯著那條毛線，好像那是什麼很重要的物品。

「嘿，教授，怎麼了？」

他輕輕搖了搖自己灰白的頭，然後用沙啞的喉音說：「笨蛋。你們這些愚蠢的笨蛋。」

教授是我認識最聰明的動物，我想我不需要跟你們描述關於那條毛線，他最後跟我們解釋了什麼。你們應該可以猜得出來。因為你們不是愚蠢的笨蛋。

至少我希望你們不是笨蛋。你們一定能想像，我那時覺得自己有多笨。

我一直在講故事給你們聽，自己卻沒搞懂這個故事究竟是怎麼回事。

但現在我懂了。至少事情本身我弄懂了。自殺。我只是沒辦法相信。因為，你懂不懂跟信不信是兩回事。就算我是天底下最聰明的公貓，也不相信戈爾德想死。

我基本上是相信所有事的。我相信世界上存在最悲傷的事。我跟你們說過，我是怎麼出生的嗎？我是從媽媽那裡鑽出來的，我們貓都這樣做的。跟一號、二號、三號、四號、六號還有八號一起。我的兄弟姐妹們，大家都軟軟的，還不到狗的頭那麼大。我們住的農場的擁有者，把他們全都裝到一個袋子裡。大家在袋子裡瘋狂尖叫，動來動去，然後那個人類把袋子浸到雨水收集桶裡，直到聽不見任何動靜和尖叫的聲音。我偷偷躲在一堆木頭後面，聽到那個人類咒罵：「天殺的！總遇到這些爛事。」

我那時馬上就信了。我相信人類可以就這樣殺死一切。但人類連自己都殺——這點我不相信。

戈爾德講完電話，說：「她馬上就到，法蘭基。朋友，你還好嗎？」我那時差點就哭了。戈爾德又站到椅子上，毛線就在椅子的上方。他把毛線卸下來、綑起來，放到沙發底下。我聽到小汽車開進大街的聲音，然後門打開了，安娜．柯馬洛娃站在房裡。當她看見我們全都聚在一起，三隻動物跟一個人類，她脫口說出：「噢，該死。」手提的箱子還掉到地上。

15 兩個快掛掉的傢伙

我醒來時，天還很黑，而且有東西掛在我的脖子上。一個又大又恐怖的東西。我用爪子打它，但它卻不肯鬆開我的脖子，我慌了，於是越打越用力，直到我發現那是什麼——防舔圈。

防舔圈，安娜·柯馬洛娃這樣叫它。她看到我的時候，當然又說了噢，噢，我的小公貓。她當時有點嚇到，因為我看起來快掛了，尤其我的左眼又那樣。她跟戈爾德說，我有可能會失去視力。什麼力的我是沒差，只要能再看見就好。安娜滴了點什麼在我的眼睛裡，又在我前後左右塞了些東西，最後還把那個又大又恐怖的東西穿過我的頭戴上。這樣我就不能抓眼睛。

那個東西簡直把我逼瘋。

我跳下沙發，偷聽、偷看。屋子裡很安靜，好像我是單獨在這。這讓我很不安。戈爾德在哪？我看了一下沙發底下，毛線還在。我躡手躡腳在房子裡走來走去，還得小心，怕撞到什麼東西，因為我現在只有一隻眼睛，還有那個延伸至我的耳朵，又大又恐怖的東西。

我輕聲到處走，把自己拖上樓。本來只要爬一小段樓梯，但對現在的我來說，這段路變得超級長。真的快掛了。我輕聲走到戈爾德的房間，他仰躺著正在睡覺。

他的嘴巴張得超開。

我看著戈爾德好一陣子。人類睡覺時，常常看起來很蠢，比其他動物都還笨。

但小小的人類看起來不笨，他們睡覺時很可愛，像貓一樣可愛。我曾經看過一個很小的人類睡覺。不要問我在哪看到的。我舔了一下他的頭，這點我還記得，就因為他睡覺時看起來像貓一樣可愛。

我跳上床到戈爾德旁邊，又看著他好一陣子。然後，我用爪子壓他的鼻子。因為我不能一直等下去。

「戈爾德，起床。我要跟你談談，這件事很重要。」

「法蘭基？怎……怎麼了？現在是半夜耶。」

「我知道。聽著。你不准死。」

「法蘭基……」

「聽我說！你死就太笨了。我是說，如果你是一隻蚯蚓，我還能理解。蚯蚓沒手、沒腳、沒頭，就是一隻蠕蟲。如果你問我的話，那不是個生命啊。但我認識一些蚯蚓，就連他們也沒想過要殺自己，雖然他們只是蠕蟲。而你是人類，你擁有一切，什麼都會做。你在這裡有一間房子，你有我，你有……」

「法蘭基，別說了。」

「不，我不要！我不要你殺自己。」

「你要我說什麼？對不起，不會再發生了？法蘭基，這樣行不通的。這沒那麼簡單。」

「錯！生命很簡單。每個傻瓜都活得下去。」

「我努力過了，法蘭基。」

「那就再努力一點！」

我貼在戈爾德身邊躺下，在他的臂彎裡，爪子壓在他溫暖的身體上。我們就這樣躺著。

兩個快掛掉的傢伙，在黎明時分依靠著彼此。

「你為什麼不能快樂一點？像別的人類那樣？」

「因為只有一件事能讓我快樂，那就是琳達在我身邊。但這是不可能了。我原本也以為自己可以克服這些，以為某一天我就會好起來，然後活下去。但我就是一隻自憐自艾、憂鬱的豬。事實就是如此。我每天都感到憤怒、絕望、孤獨、羞愧。如果某天情況不錯，我就不會想著要自殺，或對別人的頭開槍。」

「這樣太蠢了。」

「不，這樣是病了。我病了，法蘭基。」

「那就看醫生啊！叫安娜來這裡看看。她會在你前面、後面都塞點東西，然後你就會好一點了。」

「如果真能這樣就好了。」

「到底是什麼病？」

「一切都毫無意義的病。」

「什麼意思。為什麼一切都毫無意義？你有我。我現在可是你生命的意義。」

「你？」

「對啊，讓我來吧。我是說，有我你就快樂，因為我的外表之類的。你撫摸我那超級讚的毛，享受我在你身旁，跟我談些有趣的事。當然啦，你要幫我買東西，打掃我的廁所，還有處理之後會冒出來的雜事。哇，要是我有這款生命的意義，我可就高興死了。」

「但你不需要我，法蘭基。」

「我是有兩個朋友。但教授太老了，活不了多久。肌肉發達的松鼠也只是一隻松鼠。他太小，隨時可能被吃掉，或被打死，或輾死。砰！然後我只能獨自在這。在你身邊，我想我會一輩子很安全。」

「對不起，法蘭基。」

「也許你可以等一陣子。」

「等什麼？」

「等到我死啊。人類活得比公貓還長。等到我死了，你都還可以殺自己。為了我活下去吧。」

「我不知道我能不能堅持那麼久，法蘭基。」

「怎麼老聽到你說：我、我、我！你有沒有想過我怎麼辦？」

「對不起，但你偏偏就遇到我。你理當有更好的選擇。」

我覺得這說法很合理。但不幸的是，我沒有更好的選擇。當你喜歡一個人時，就會出現這種問題。如果你喜歡一個人，你就不需要比這個人更好的人。

「安娜在你脖子上掛了一個漂亮的燈罩。」戈爾德一邊說，一邊敲敲防舔圈。

「那如果我也鬱卒呢？像你一樣？」

「你是指憂鬱吧。」戈爾德說。

「對啦，憂鬱，隨便都可以。這樣對你會有幫助嗎？我自己是沒關係。我已經是不可知論者，也是享樂主義者，當然也可以是憂鬱主義者。」

「你是指憂鬱症患者。」

「講真的，這是一個好點子。如果我們都有憂鬱症，你跟我都有，我們一定會玩得很開心！」

我坐起身來，看著戈爾德。我讓自己看起來超級難過，十分憂鬱。那個像燈罩、又大又恐怖的東西繞著我的頭搖晃。突然，戈爾德開始大笑起來。我被笑聲嚇到差點滾到床底下，這是我第一次聽到戈爾德笑，我不知道他還會這個。他笑了大概半輩子，笑聲停下來後，他開始哭，說：「謝謝你，法蘭基！」

人類啊！還真難懂。

太陽慢慢升起，戈爾德摸著我的肚子，而我越來越疲倦。不知為何，我不希望這個夜晚結束。「如果我死了，你會想念我什麼？還是都不會想？」戈爾德說。

「當然會想啊。我會想念你什麼？嗯，很多東西啊，超多。我會想念醬汁什麼的。」

「醬汁？」

「我最近把一隻麻雀放在嘴裡嚼，但那就真的還好，太乾了。你從動物用品店買來的飼料比較好，醬汁比較多。有了醬汁，生命就完全不一樣了。」

「就因為醬汁，你不想要我死？」

「不要覺得這是在侮辱你。我只是覺得，那醬汁啊……」

「我沒有覺得被侮辱。」

「你也喜歡醬汁？」

「當然。」

「那你最喜歡什麼醬汁？」

「不知道耶，有太多好吃的醬汁了。辣根醬汁、蒔蘿醬汁、芥末醬汁、番茄醬汁……很難決定。」

「對啊，我也覺得有太多好吃的醬汁了。我想在一生中嘗遍所有美味的醬汁。」

「我跟琳達有一次在義大利吃到焗烤千層茄子，超久以前的事了。我們那時在某座山上健行，我總是記不住那座山的名字。總之……」

「義大利在哪裡？」

「在南邊。」

「喔。」

「總之，焗烤千層茄子是以茄子為主食的一道菜。裡面還有蒜頭、一些羅勒、帕瑪森起司、莫札瑞拉起司跟番茄糊。這些全部一起放進烤箱，不用多久就香氣四溢。焗烤千層茄子最棒的點，就在於用番茄、香料跟起司做的醬汁。我們還用白麵包沾那個醬汁來吃，兩人都為之瘋狂。那可能是我一生中吃過最好吃的醬汁。哇。」

「天啊，醬汁。那真的是令人難忘。」

「我有時想到琳達時，就會想起我們吃過那該死的醬汁。真奇怪，最後留在記憶裡的都是些小事。」

「我不覺得這很奇怪啊。」

「是喔。」

「這也就是為什麼你不該殺自己，就因為死人吃不到美味醬汁。」

「也許你該把這句話寫在我的墓碑上。死人吃不到美味醬汁。我喜歡。你願意為我做這件事嗎？法蘭基，我小小的生命意義？」

16 一切都會好起來的

安娜．柯馬洛娃幾乎每天都來看我。我想，她也是來看戈爾德的，至少這是我的感覺。他們聊了很多，當她在時，戈爾德就感覺不那麼鬱卒，這點可以看得出來。好啦，我其實只看得出來一半，因為我一隻眼睛快掛了，但你們懂我的意思。總之，我很高興安娜能來我們家。當她跳上自己的小汽車，穿過大街開走時，我也很難過。

跟戈爾德單獨在一起時，我總是擔心他會殺了自己。戈爾德吃飯、喝飲料、睡覺、說話還有看電視等等，一切正常。但他腦中在想什麼，是不是充滿殺戮的事，我真的不知道。這讓我很受不了。因為可能什麼事都不會發生，但最糟糕的事也可能隨時會發生。你們懂嗎？

還有，我的左眼仍然看不到任何東西，我開始擔心眼睛可能就這樣掛了。那麼，我就會成為獨眼法蘭基、殘廢法蘭基、死眼怪物法蘭基。

我真的非常鬱卒。安娜摸著我的毛，不斷說著：「不要怕。一切都會好起來的，我的小公貓。」但據我對人類的了解，「一切都會好起來」之類的這些話，他們常說。我覺得這都是些傻話，因為大家心知肚明，並非一切都能好起來。也許就只有一半能好起來，如果運氣好的話。而真正蠢的地方就在於，人生之中沒有任何事、任何方面或什麼之類的，能夠真的一切都好。

肌肉發達的松鼠常常來拜訪我。他會在沙發上蹲坐在我旁邊，每次都用爪子拍打我的燈罩，因為他超愛那種拍打的聲音。有次他說，只有一隻眼睛真的還有些好處呢。

「你得看事情光明的一面，法蘭基。」他當然是想安慰我。大家總是在安慰我。

「說一個好處來聽聽。」我說。

「這樣你就不能偷看了。」

「一隻眼睛也可以偷看。」

「真的？那也許這不是什麼好處。你要堅果嗎？」天啊，我真的太鬱卒了。我沒再出過家門，因為我不希望別人看到我這樣：跛腳、剩一隻眼睛，脖子還掛著防舔圈。

例如，我不想被喜鵲看到，他們會活活把我氣死。喜鵲會坐在樹枝上咒罵，說些黃色笑話，然後自己笑死。其他人則會覺得我很弱。大家會想，法蘭基那個傢伙不行了啦。法蘭基的時代已經過去了。然後，他們就會到我的地盤來侵門踏戶，還覺得自己可以成為新的首領，在我的地盤上！

但後來我還是走出了家門，因為一定得如此。我輕聲溜到教授那裡，肌肉發達的松鼠已經到了，我們就一起躺在花園裡結滿梨子的樹下。我和我的朋友一起想著如何幫助戈爾德，因為他很明顯需要幫助。戈爾德曾從浣熊手上救過我一命，而我現在也要從「自殺的手中」救他一命。這沒那麼難吧。

我們實際上就只需要兩件事：一個好的救援計畫，然後按照計畫實行。兩件事都需要好好思考，而我們一定會想到什麼主意，尤其一起想時，就有三顆聰明的頭腦。這就是鳥兒們常說的——集體智慧。知道最多的當然是教授。「我讀過一些東西。」他說。「報紙裡寫的。你們知道，我會閱讀，對吧？聽著，可以確定的是，戈爾德不是世界上唯一的憂鬱症患者。還有一些人也都是。」

「一些人是多少？」我問。

「五、六個嗎？」

「三億五千萬人。」教授說。

「哇。」我說。

「天啊。」肌肉發達的松鼠說。

「三億五千萬是多少？」我問。

「對啊，這樣是多少？」肌肉發達的松鼠跟著問。

「你們可以想像有一座大城市，」教授說，「住在那座城市裡的人類全部都是憂鬱症患者。然後再想像另一座大城市，然後再一座，又一座，另一座，然後再一座……」

我真的很努力想像所謂「上億的人」。一個城市，然後再一個，一直下去。但我唯一能想像出來的是一群牛羚，跑過大草原或是疏林大草原之類的，滿到天上都是牛羚。然後，這些牛羚全是憂鬱症患者。

「如果他們現在全都跑來我們這裡怎麼辦？」肌肉發達的松鼠問。「全部的憂鬱症患者？像瘟疫那樣？也許戈爾德是打頭陣的？天啊，我好害怕，那些憂鬱症患者！」

「胡說八道，什麼打頭陣。」教授說。

「如果會傳染怎麼辦？那憂鬱症很快就會像狂犬病一樣打趴我們。如果會傳染……」

「胡說八道，什麼傳染。」我說。

但講真的，我不確定。

「如果不會傳染，怎麼會有好幾億的人類都得到憂鬱症？哼？」肌肉發達的松鼠說。

老實講，他問的不算是個笨問題。

笨的是，我們之中沒有一個能給出答案。

「也許有誰認識憂鬱症患者，這樣我們就可以問問？」我說。

「問貓頭鷹怎麼樣？」肌肉發達的松鼠說。「他們看起來總是很悲傷。」

「那是因為他們是貓頭鷹。」我說。「那不是憂鬱症。他們的臉本來就長那樣。」

然後我們想啊想的想了恍如一個世紀，我們認識一些悲傷的動物，但真正憂鬱的？想殺自己的？我們一個也不認識、一個都沒見過！我們動物可說是非常樂觀。

事實證明，殺自己是人類的疾病，對我們而言是天大的謎團。我是說，這之中有什麼事很不對勁。為什麼偏偏是人類？他們如此聰明又強大，完成了那麼多藝術品，帶來輝煌的成就。難道是食物造成的？或是可悲又稀疏的毛髮害的？還是做世界的統治者就是要承擔辛苦的生活？我們只是搖著頭。

接下來要說的是我所相信的事。親愛的人類，我偷偷跟你們說，請不要笑，也許這個問題聽起來很奇怪，但會不會是你們睡得太少，想得太多呢？因為我剛好相反，我幾乎整天都在睡。我醒來一下子，做一點事，然後再睡，再做些夢。我對於世界知道得就不會太多，這樣好處多多。因為如果你知道太多事情，而且對此又想太多的話，我不知道，也許會生病？會覺得生活很黑暗？但我只是一隻公貓，隨便你們怎麼想。

教授是一隻非常虔誠的狗，他建議戈爾德應該每天都跟最高領袖禱告，越頻繁越好。他說要用禱告除掉憂鬱症。除此之外，肌肉發達的松鼠建議實行堅果飲食法，還有多動一動，這樣戈爾德才能擺脫憂鬱症。我則建議戈爾德一定要多笑。人類一笑就快樂，對吧？就像那次聽到戈爾德笑的美好經驗。因此，我們現在絕對需要一個小丑，很合理吧。然後大家會說：

「好主意耶，法蘭基！」

但沒人認識小丑，或知道小丑住在哪裡。所以很可惜，小丑這個計畫沒有用。

我最好別告訴你們其他建議的內容，因為那些沒那麼好。我們繼續坐在梨樹下沉思、閒聊，因為是秋天，有時會有梨子落下。可惜真正能救戈爾德的好點子，我們始終沒想到，而這讓我很受不了。因為最糟糕的事莫過於，有人快完了，你卻無能為力。只能眼睜睜看著一切發生，卻什麼也不能做，這會毀掉你的心。

也許我受到詛咒。可能嗎？我不太了解詛咒，但我突然感覺自己是受詛咒的法蘭基。我生命中幾乎所有重要的夥伴都完了。一號、二號、三號、四號、六號和八號——我的兄弟姐妹們，還有貝爾克維茨老太太，現在加上戈爾德。

這些在我聽來都像詛咒。我不知道受詛咒時該怎麼做，也許我應該離所有人類跟動物都遠遠的，獨自住在森林裡，或跟其他受詛咒的人一起住。

又有一顆梨子從樹上落下，教授說：「法蘭基，我的孩子。我想，你應該跟安娜·柯馬洛娃談談戈爾德。」

講真的，我也想到可以這樣做。

「那三大黃金法則呢，教授？不跟人類說話，而是要裝笨、裝笨、裝笨？」

「沒錯。但現在這個絕對是緊急情況。跟她聊聊吧，她是醫生。」

「是啊，她是獸醫！」

「光靠我們是沒辦法救戈爾德的。」

「是呀，法蘭基！跟她聊聊。」肌肉發達的松鼠說。「事先給她一個堅果，這樣她就知道你沒有惡意。」

我沿著大街無力地走回家。我知道生活可以很美好，但此時一切都很糟，我感覺被大片黑暗籠罩著。我看過電視裡有個人坐上一台很厲害的機器去旅行，回到過去或前往未來。無論如何，就是離開現在的生活。我也想這樣做，但如同我不認識任何小丑，我也不認識誰擁有這種機器。有時候，當一隻公貓真的很難，因為當你為某件事感到鬱卒，黑暗籠罩內心時，你也不能就這樣走掉，而是要承受一切。

「哈囉，法蘭基。」

我停下來，偷聽，毛立刻全豎起來。雖然戴著防舔圈聽不太清楚，但我馬上就知道是誰在跟我說話。喜鵲！就在我上方。該死的喜鵲，當然又想來嘲笑我！但今天不行。別惹我。「滾開，你們這些王八畜生！」我生氣大喊。「別被我抓到！我發誓，我會吃掉你們全部。我是法蘭基！我會過去把你們全都吃光！」

一片沉默。

我偷偷往上看，喜鵲應該會坐在椴樹的樹枝上，但那裡什麼都沒有。我偷偷地往左看，什麼都沒有。我偷偷地往右看，什麼都沒有。於是我慢慢轉過身……真是見鬼了！我退後一步，差點被自己的爪子絆倒。不是喜鵲，而是喵粘鞋卡．呼嚕琳坷。

她驚訝地看著我，我也驚訝地看著她。我們就這樣驚訝地看著對方一陣子，然後我在想，我像個瘋子把她罵了一頓後，現在到底該說什麼才好；然後又想，我為她寫的那首好詩內容到底是什麼，完全想不起來。

腦袋一片空白。

心臟狂跳。

法蘭基啞掉。

「我以為……」我終於開口。

「嗯？」

「我以為……對不起。我以為……你是喜鵲。」我對她說的第一句話居然是：我以為你是喜鵲。噢，完了。

此刻的喵粘鞋卡．呼嚕琳坷超美。而我完全忘了，自己可一點都不美。你們有過這樣的經驗嗎？你渴望對方能注意到你渴望了一世紀，然後對方終於注意到你了，但偏偏是今天，你只有一隻眼睛，走路一拐一拐，脖子還戴著防舔圈。這太不公平了。

「我之前……一隻浣熊……」我結結巴巴地說。

「我之前跟一隻浣熊……決鬥。」

「真的啊？」

「真的。」

「你很勇敢喔，法蘭基。」

她真的知道我的名字，不知道從哪得知的。不過，那也無所謂，只要我的名字是從她美麗的口中說出來就好。

然後喵粘鞋卡．呼嚕琳坷想知道故事的所有細節。完整的故事——我為什麼要跟浣熊打鬥、我如何跟他打、在哪裡打之類的。我把一切都告訴她，慢慢就想到要講什麼了，還修飾了一些地方，但我想大家都能理解這點吧，畢竟你想給某人留下深刻的印象，此時卻只有一隻眼睛，脖子上還掛著防舔圈。有隻狐狸曾跟我說過，誇張不是說謊，而是純粹的事實，只是內容比較豐富。我甚至跟喵粘鞋卡．呼嚕琳坷講了好萊塢的事。奇怪的是，她對好萊塢不怎麼感興趣，也無所謂我現在幾乎是電影明星了。也許是因為她沒有電視？我們在大街路邊並肩而坐，一起聊天、欣賞風景。

我真的很想告訴她，坐在她旁邊看風景是多麼美好的事，而這跟那普通的風景無關，是有別的理由。但我最好什麼都別說，因為那些話，我不知道，有時反而會把一切都搞砸。

她要離開時說：「我住在那邊後面。紅色的房子。」她是在說笑吧，我怎麼可能不知道喵粘鞋卡．呼嚕琳珂住哪。

「也許你有時候可以過來玩？」

然後她就沿著大街跑掉了。踏著輕盈的步伐跑著，沒有回頭，而我目送她離去。我至少得花好幾天沉澱，才能告訴你們我此刻腦中在想什麼，但也許這沒那麼有趣，因為只有當你處在當下，所有感覺還在胃裡震盪時才有趣。

我突然跑了起來。全力加速，但速度沒有你們想像得那麼快。我很想告訴戈爾德所有事，他是唯一讓我想這麼做的人，因為，這會讓他很高興。

我衝回廢棄屋子，燈罩拍打著我的頭。天啊，我像個瘋子一樣狂奔。也許我說的事沒辦法拯救他什麼的，但如果我跟他說，我在愛情方面終於敢踏出一步，他一定會很高興，我很確定。這也許是一個開始，我的運氣還是不錯的。

17 我走進森林

當我抵達廢棄房子時，大門關著，所有窗戶也都關著，我覺得有點奇怪。我從大窗戶往房子裡看。沒人，什麼都沒有。我叫了幾次他的名字。戈爾德可能在睡覺，也許他又散步到墓園，去跟琳達聊天。他的老車一如往常還停在房子前面。

我躺在露台上等著，做著白日夢。就算大部分的夢都是些蠢事，我還是覺得，其中有個夢讓我很享受。在夢裡，我跟安娜・柯馬洛娃講了，然後她去跟戈爾德談殺自己的事。她對他講話態度嚴肅，聲音非常大聲。然後戈爾德在我的夢裡立刻變得很理性，他很快就開始用口哨吹著歌曲。還有呢？喵粘鞋卡・呼嚕琳坷突然跟我們住在一起。安娜跟她的手提箱也過來住，晚上，我們一起看戈爾德不喜歡的動物電影，但我們有兩隻動物加上一個獸醫，他也不能反駁什麼，畢竟他是少數。有一天喵粘鞋卡·呼嚕琳珂說：「你有注意到嗎，勇敢的法蘭基？」我本來不想說的，但她真的變胖了，可能吃太多肉汁饗宴。不！是小法蘭基！六隻之類的，很快就要降臨，而且不會有人把他們壓進雨水收集桶裡。戈爾德會幫他們取很讚的名字：法蘭基一號、法蘭基二號、法蘭基三號、法蘭基四號等等。夢到這裡，我非常興奮，可惜我醒了，夢消失了。我還努力想找回原本的夢，繼續待在裡面。但沒有辦法，這麼好的夢一旦消失——天啊，感覺就像被搶了。

我等戈爾德等到黃昏，再等到深夜。我吃了一些蚱蜢充飢，躺在灌木叢裡等待，等到太陽再次從湖面升起。我又等了整整一天。我不想這樣，但我想，也許發生了什麼事——可能不會是什麼好事。

我去找朋友，我們又花了一天找戈爾德，看看他是否吊掛在什麼地方。我們問了認識的每一隻動物，我們認識很多動物，但沒有一隻看過戈爾德。日復一日，我走進森林，抬頭看著樹木。我一路走到河邊，但那裡只有小小的流水聲。

我去找貓頭鷹，他一如往常坐在樹枝上。

我難過地垂下鼻子：「嘿，貓頭鷹，你有看到人類嗎？」

他說：「你在找人嗎？」

我說：「對啊，我的人類。」

他說：「這裡沒人。」

我說：「如果你有看到，可以跟我說嗎？」

他說：「好的，法蘭基。」

我說：「貓頭鷹，你真不賴。雖然你長得很陰沉，但這也不是你可以決定的。」

我找啊找啊，我的朋友也找啊找啊。都沒辦法，沒有動物看見他，連一點蹤跡都沒有。

我繼續在廢棄屋子前面等著。我就躺在那，在門邊的木板長凳上，什麼都不想做，只想躺在這，不受世界的干擾。我當然知道，但我沒大聲說出來，沒對任何人說，連對我自己都沒說。只是在知更鳥唱出美妙而悲傷的歌那天，我輕聲地說了。

聽起來像一首死亡之歌。

有天教授過來問，他是否該找狐狸來致悼詞。一隻狐狸為他致悼詞，搭配狐狸才說得出口的各種虛假、浮誇的內容，我想戈爾德會喜歡的，可能甚至會在天上大笑，或覺得自己很重要。人類喜歡覺得自己很重要，而且以為如果他們死了，世界得承受巨大的損失。但事實上，一切會照常繼續下去。世界根本無所謂，現在的世界看起來就跟平常一樣，像昨天、像明天、像後天。而這讓我更鬱卒，因為世界看起來就是沒變。

我其實不想要狐狸來。也不想要悼詞。我蜷縮在房子前面的木板長凳上，頭靠著爪子，天黑了，天亮了，什麼都沒變。就算有一大群熊蜂直接飛進我的屁股裡，我也不管了。

我這個樣子已經一段時間了，而且還會持續下去。肌肉發達的松鼠覺得我現在也有憂鬱症，但我真的不想管了。

18 親愛的法蘭基

我聽見一台小汽車駛進大街，車門「砰」地一聲關上，花園的門吱嘎響，然後安娜．柯馬洛娃拿著手提箱走向我。我躺在長凳上不動，沒反應，因為我什麼都不想管了。而且她來晚了，實在有夠晚。

安娜突然在跟我隔著幾條貓尾巴距離的地方停下腳步。她以一種奇怪的方式看著我，好像我會咬人還是怎樣。

「哈囉，法蘭基。」她說著，但沒再往前，而我聞得出來她很害怕。現在是怎樣？為什麼她叫我法蘭基？之前不是都叫我的小公貓？

她站在那裡好一陣子，很仔細地觀察我，然後說：「我真的是瘋了才問這個問題，但我還是要問。你可以聽得懂我在說什麼嗎，法蘭基？」既然她一定要知道，而我也什麼都不管了，就用人類語回答：「可以。」

當然啦，她先尖叫了一陣。

但我必須說，沒有叫很久。她十分冷靜。我突然說起人類語，也許讓她崩潰，因為她是獸醫，可能想說自己對動物之類的已經非常了解。

「我都知道了！」她尖叫。

「理查那個瘋子都跟我說了！」

等安娜心情稍微平靜下來後，她小心翼翼地坐在我旁邊，從手提箱拿出一張紙遞給我。

「這是什麼？」我說。

「一封信。給你的，法蘭基。」她回答。

「我不識字。」

「要我讀給你聽嗎？」

「不確定。上面寫什麼？」

「這是理查寫給你的。」

「理查是誰？」

「戈爾德？」

此時我豎起耳朵。

她說：「那我現在就讀給你聽吧。然後……啊，算了。我讀給你聽。準備好了嗎？」

我點點頭，喵了一聲。這可說是我收到的第一封信，還是死人寫的。你們現在總算相信我受到詛咒了吧？

親愛的法蘭基：

如果他們知道我正在寫信給你，知道我會跟一隻公貓說話，而公貓也會跟我說話，他們可能永遠不會放我出去。至少不會那麼快……

總之，我在瘋人院。安娜會告訴你這裡是什麼樣子，我又在這裡做什麼。是她送我過來的。對不起，我就這樣走了。我沒有別的辦法。我覺得若不這樣做，我可能又會「殺自己」，總不能每次都要你來救我。

我能夠撐到現在，都要感謝你（還有安娜）。我回到這間房子就只是為了死，然後你突然坐在窗戶邊。你從不問我，我過得怎樣。你從不說，振作起來。當我自憐自艾時，你只是打了個哈欠。你就是這樣，什麼都不懂。你是我所能想像得到，用來轉移注意力最煩人、最無知，也最美好的幫手。

有時你睡著，而我無法入眠的時候，我就會把鼻子湊到你溫暖的毛上面。那真的很療癒，加上你洋洋得意的打呼聲。沒錯，你會打呼。我看到你這樣就會想：先去死，然後重生，做一隻公貓。我們在這裡常常要想像「最快樂的時刻」，這樣我們才不會忘記幸福是什麼感覺，而我首先會想到我們的「好萊塢」之旅。

那是我好長、好長一段時間以來都沒有過的美好時光，而我真他媽的為你感到驕傲，瘋瘋的肉汁饗宴代言貓。我小小的生命意義。

你說：「活著是很簡單的事。任何傻瓜都能活下去。」但對我來說，每天起床，繼續生活是一種煎熬。我厭倦了。厭倦我的怒氣，厭倦我永無止盡的痛苦。我想要重新找回輕鬆的感覺，我想要一天早上醒來，就有光。我想當一個能夠乾脆地活下去的白癡，而不只是活過一天算一天。

我不知道我能不能做到。

你可以先繼續住在那間房子裡。安娜會照顧你，請對她好一點。

希望我們能再相見，法蘭基。

我真心希望如此。

你的朋友，

戈爾德

PS. 我的床是禁區！

安娜為了我，把這封信讀了一遍又一遍。每次當她讀完時，我就說：再一次！

因為，我跟你們說，你能收到最好的信，就是一封沒死的死人寫的信。請相信我。

我那時很困惑，也很高興戈爾德還活著——如果你們想知道的話，我高興得差點咬到自己的尾巴——但我也對戈爾德的離去感到難過。當你被自己的各種感覺及所有一切搞得很混亂時，你們一定懂，那就要舔舔雙腿之間，因為總要做點什麼，而舔舔比起任何事物都更能讓心情平靜。

安娜跟我說了瘋人院的事，還給我看一張她小電話裡的照片，那是森林裡面一間又大又古老的房子，後面還有一座湖。

這就是瘋人院。她跟我說，住在這裡的人們多數時間都在聊天。他們圍坐成一圈，整天聊自己的問題。然後，會有叫作治療師的人類一直說：「跟小組分享您的想法後，感覺如何？」有時，所有人會在森林裡跑步、畫畫、用稻草做一隻鳥，或躺在地上然後瘋狂深呼吸。我不知道。當所有鬱卒的人要一直討論他們有多鬱卒，我覺得這也會讓我變得非常鬱卒。但我希望戈爾德不會這樣，或不會被傳染什麼的，也希望那邊的人能幫助他，給他吃好的食物，有醬汁之類的。希望他晚上可以看電視上的胖子們丟箭到圓盤上。

我們就這樣坐在房子前面的木長凳好一陣子，然後我問：「那我們現在怎麼辦？」安娜用手摸著我的毛。

「不知道耶，法蘭基。」

「好奇怪。」我說。「一個人才剛離開，你就已經在想念他了。真奇怪。」

「嗯，我也很想他。」

「你覺得他會回來嗎？」

「我希望他會。」

「我相信他會回來。不然沒有我他要怎麼辦？他自己沒辦法在這個世界上生存的啦。」

「對啊，你是他小小的生命意義。」

「沒錯。我現在有點餓。妳餓嗎？」

「餓死了。」安娜說。

我覺得她真的越來越討喜了。

安娜打開廢棄房子的門，我那時突然想到，這棟房子需要一個新名字。戈爾德的房子，法蘭基的房子，或是「充滿樂趣的房子」，或乾脆叫「家」。

這真的要好好考慮清楚才是。但今天就不想了，這幾天瘋狂的日子讓我無限疲倦。吃飽後，我就用頭輕碰安娜的頭以表感謝，然後上樓。我躺在

19 最後幾句話

好啦，就是這樣，我跟你們就先說到這裡。有人告訴我，每個故事都要有個結尾。你們可以去跟人類抱怨，結尾什麼的可不是我的主意。

當然，我還是可以跟你們說說我和安娜去好萊塢拍肉汁饗宴電影的事。你們有電視嗎？有就打開來看。教授跟肌肉發達的松鼠都看了那部電影，他們覺得讓我來演用碗吃飯的公貓這個角色深具說服力。

但好萊塢還不是最棒的，即使那已經很不錯了。最棒的是，我去拜訪了喵粘鞋卡．呼嚕琳坷。她不只長得美，你們知道吧，而且也不笨。這真是讓我瘋狂。母貓咪就是會把你整死，而我不確定，這以後還會不會是件好事。不過，現在很美妙是真的。

我有一次去拜訪琳達的墳墓，告訴她，戈爾德人正在瘋人院裡。還有他瘋狂地愛著她，以及我會照顧他，因為她在天上，那邊應該也有事情要做。我不知道她有沒有聽見。

我常沿著大街輕聲地行走，有時會夢到一個男人從遠處向我走來，身穿極度可悲的浴袍，戴著一頂舊帽子。我立刻衝向他！然後夢就突然結束了，我實在很失望，感覺自己受到詛咒。

唉，生命的循環，對嗎？你尋找幸福，然後你找到了，接著又失去它。一切又重頭再來，一次又一次。但我不想抱怨，我是法蘭基，我不會說生命任何一句壞話。

就是這樣。

（全書完）

小貓法蘭基 Frankie

作　者　約亨・古奇 Jochen Gutsch
　　　　馬克西姆・萊奧 Maxim Leo
譯　者　陳蘊柔

企劃編輯　黃蕨荇 Bess Huang
責任行銷　朱韻淑 Vina Ju
裝幀設計　蕭旭芳
內文構成　譚思敏 Emma Tan
校　對　葉怡慧 Carol Yeh

發行人　林隆奮 Frank Lin
社　長　蘇國林 Green Su

總編輯　葉怡慧 Carol Yeh
主　編　鄭世佳 Josephine Cheng
行銷主任　朱韻淑 Vina Ju
業務處長　吳宗庭 Tim Wu
業務主任　蘇倍生 Benson Su
業務專員　鍾依娟 Irina Chung
業務秘書　陳曉琪 Angel Chen
　　　　莊皓雯 Gia Chuang

發行公司　悅知文化 精誠資訊股份有限公司
　　　　105台北市松山區復興北路99號12樓
訂購專線　(02) 2719-8811
訂購傳真　(02) 2719-7980
專屬網址　http : //www.delightpress.com.tw
悅知客服　cs@delightpress.com.tw
ISBN : 978-626-7406-18-2
建議售價　新台幣380元
初版一刷　2024年01月

國家圖書館出版品預行編目資料

小貓法蘭基 / 約亨・古奇 (Jochen Gutsch)，馬克西姆・萊奧 (Maxim Leo) 作；陳蘊柔譯.
-- 初版. -- 臺北市：悅知文化 精誠資訊股份有限公司, 2024.01
面；　公分
譯自：Frankie
ISBN 978-626-7406-18-2 (平裝)
875.57　　112021217

建議分類｜文學小說・翻譯文學